Lorenzo Lunar Cardedo

Ein Bolero für den Kommissar

Lorenzo Lunar Cardedo

Ein Bolero für den Kommissar

Roman

Mit einem Nachwort von Rebeca Murga

Aus dem kubanischen Spanisch von
Studierenden der Universität Innsbruck

Haymon

Titel der spanischen Originalausgabe: „Que en vez de infierno encuentres gloria“ © Ediciones Zoela, Granada 2003

Übersetzt im Rahmen eines Projektseminars am Institut für Romanistik der Universität Innsbruck in Zusammenarbeit mit dem Institut für Translationswissenschaft

Teilnehmer:
Boris Bliem, Karolina Dabrowski, Elisabeth Gasser, Wolfgang Gasser, Claudia Kirchner, Elisabeth Köhle, Karin Lamprecht, Bettina Meier, Melanie Renzl, Elisabeth Steinlechner, Marlies Strauss, Manuela Trinker, Loretta Weilguni, Christina Überall

Koordination und Korrektur des Nachworts: Elisabeth Steinlechner
Lektorat: Klaus Peter, Christine Tavernier
Leitung: Víctor Herrera

Rebeca Murga lebt als Autorin in Santa Clara, Kuba.

Bibliografische Information:
Die Deutsche Bibliothek verzeichnet diese Publikation in der Deutschen Nationalbibliografie; detaillierte bibliografische Daten sind im Internet über http://dnb.ddb.de abrufbar.

Umschlag: Benno Peter
Satz: Haymon Verlag
ISBN 978-3-85218-727-3

Inhalt

Für meine Jugendfreunde.
Für mein Viertel.
Und für Rebeca und Elizabeth.

Gefahr ist mein Job

Verrückt. Total verrückt.

Dieses Viertel ist einfach völlig verrückt.

Du kommst in diesem Viertel zur Welt, du wächst hier auf, rackerst dich ab und stellst jeden Tag aufs Neue fest: Dieses Viertel ist einfach total verrückt.

Das Viertel ist ein Ungeheuer, wie mein Kumpel El Puchy immer sagt.

Das Viertel formt dich, schüttelt dich durch, es stößt dich herum, macht dich fertig und zermalmt dich, es richtet dich wieder auf, um dich dann erneut zu Boden zu werfen und auf dir herumzutrampeln.

Das Viertel macht aus dir entweder einen echten Mann oder einen totalen Versager.

Und du kannst nichts anderes tun, als die Hände in den Schoß legen und all das mit dir geschehen lassen.

Hier bist du nie allein.

Hier haben die Wände Ohren.

Hier weiß jeder über jeden Bescheid. Und alle wissen sogar, was man gar nicht wissen kann, nur dass man nicht darüber spricht. Dein Leben und das Leben im Viertel sind eins. Wenn du arbeitest oder gerade keinen Job hast, wenn du was zu beißen hast oder gerade nicht, wenn du krank bist, betrogen wirst, wenn du allein ins Bett gehst oder mit einer Frau.

Tag und Nacht.

Im Viertel kannst du nicht eine einzige Nacht ruhig schlafen. Und das nicht nur wegen der Einbrüche. Hier klauen sie dir sogar dein Mastschwein aus einem mit fingerdicken Metallstäben gesicherten Verschlag oder sie räumen dir das Haus leer, während du schläfst.

Im Viertel ist es völlig normal, dass du plötzlich um zwei oder drei Uhr morgens aus dem Schlaf gerissen wirst. Wegen jeder Kleinigkeit. Und es ist nichts dabei.

Du wachst auf.

Manchmal sind es zwei oder drei Liebespaare, die mit einer halbvollen Flasche Rum in einem Plastikbeutel aus dem Nachtlokal kommen und sich irgendwo auf die Straße setzen und lauthals singen. Einfach singen. Mexikanische Volkslieder von Juan Gabriel oder schnulzige Boleros von Orlando Contreras oder Rolando Laserie. Sie singen einfach.

Du wachst um drei Uhr morgens auf. Manchmal ist es wegen Clara, die auf Pancho losgeht, der wieder einmal spät nach Hause gekommen ist und nach billigem Fusel und dem Parfüm alter Nutten stinkt.

Manchmal wachst du auf und es ist wegen dem miesen Scheißkerl, der jetzt mit La Cuqui unterwegs ist und der sie auf einem russischen Motorrad ohne Auspuff nach Hause bringt, nachdem er sie in einer Absteige, in der es von Küchenschaben und Filzläusen nur so wimmelt, gevögelt hat. Denn in die richtigen Hotels, in die sauberen mit Klimaanlage, in die geht La Cuqui nur mit den Typen, die sie in Autos mit fast geräuschlosen

Motoren nach Hause bringen. Aber auch von denen wachst du um drei Uhr morgens auf. Du wachst von der dröhnenden Musik aus den Autoradios und dem Geschrei von Italienern, Deutschen und sogar Norwegern auf: La Cuqui kämpft an allen Fronten.

Es ist verrückt, hier zu leben.

Du wachst um drei Uhr morgens auf. Und obwohl du weißt, dass du kein Auge mehr zutun wirst, wälzt du dich im Bett, klammerst dich an dein Kopfkissen, deckst dich wieder zu und versuchst noch etwas Schlaf zu kriegen.

Oder dir schwirren irgendwelche Gedanken im Kopf herum: Warum zum Teufel wohne ich eigentlich noch hier, in diesem verrückten Viertel?

Und du findest keine Antwort darauf. Oder zumindest kannst du sie nicht in Worte fassen.

Auf der Suche nach den richtigen Worten zermarterst du dir dann dein Gehirn. Und wieder überkommt dich der Schlaf, nachdem dir erneut klar geworden ist, dass das Viertel ein Ungeheuer ist, das dich und alle anderen gefangen hält.

Es ist ein Ungeheuer, das du liebst. Und du bist nicht bereit, es jemals zu verlassen.

Weil du dich daran gewöhnt hast. Weil du weißt, dass du den Wirbel brauchst. Um zu leben. Um ruhig zu schlafen.

Weil das alles im Viertel ganz normal ist.

Die Leute lassen sich an der Ecke voll laufen und

grölen dann lautstark irgendwelche Lieder. Und es ist nichts dabei.

Clara macht Pancho zur Sau. Sie schleift ihn nach Hause und schwört ihm, dass beim nächsten Mal seine Eier ab sind. Und es ist nichts dabei.

La Cuqui wechselt jede Woche den Mann samt Motorrad. Und es ist nichts dabei.

Und wenn dann aber eines Morgens im Viertel alles ruhig ist, weil nicht Wochenende ist, weil es keinen Rum in den Bars gibt und es noch dazu saukalt ist, und du dann hörst, dass jemand an deine Tür klopft – laut, nervös und hartnäckig –, dann kannst du davon ausgehen, dass es dieses Mal etwas Ernstes ist.

In meinem Fall gibt es noch einen anderen Grund, warum man davon ausgehen kann: Ich bin der Hauptkommissar hier im Viertel.

Hauptkommissar in eben dem Viertel, in dem ich vor 35 Jahren zur Welt kam. In diesem verrückten Viertel.

Das ist der Job, mit dem mich die Partei zuletzt beauftragt hat.

Ich öffnete die Tür und vor mir stand El Jabao.

El Jabao ist hässlich und wenn er Angst hat, ist er noch hässlicher. Er ist gelblich blass und seine hervorstehenden Augen erinnern an die einer Kröte.

„Sie haben den alten Cundo umgebracht", sagte er.

Ich verlor keine Zeit damit, die Uniform anzuziehen.

Auf dem Sofa lag der Pullover, den ich anhatte, als ich letzte Nacht von Luisa nach Hause gekommen war. Ich streifte ihn über und wollte mit El Jabao rausgehen.

Fela wachte vom Lärm auf.

„Was ist hier los?"

„Nichts. Ich muss kurz weg, aber ich komme gleich wieder."

„Pass auf, Junge", flehte sie mich an.

Immer wenn ich zur Arbeit gehe, verabschiedet sich Fela mit dem gleichen flehenden Ton in der Stimme.

Sie hat Angst. Fela hat ihr ganzes Leben vor irgendetwas Angst gehabt.

Als ich ein Kind war, hatte Fela Angst vor Gott. Immer wenn etwas Schlimmes passierte, sagte sie, es sei die Strafe Gottes für irgendetwas. Später hörte man bei uns zu Hause dann auf, über Gott zu sprechen.

„Du solltest der Kommunistischen Jugend beitreten, damit etwas aus dir wird", riet mir Fela und ich spürte damals die gleiche Angst in ihrer Stimme.

Als der Alte krank wurde, nahm ihre Angst zu. Als er dann starb, wurde Fela noch ängstlicher.

Und als ich bei der Polizei anfing, kam sie vor Angst fast um.

Als sie mir nun sagte: „Pass auf dich auf, Junge", spürte ich in ihren Worten quälende, bodenlose Angst. Eine Höllenangst.

Sie behauptet, sie werde eines Tages an Herzversagen

sterben, aber ich bin mir sicher, die Angst wird sie umbringen.

Die Angst meiner Mutter ist eine tödliche Krankheit.

Manchmal glaube ich, dass ich ihr etwas von der Panik nehmen könnte, wenn ich eines Tages heimkäme und sagte: „Ich hab den Job bei der Polizei hingeschmissen." Aber ich weiß auch, dass sie dann vor irgendetwas anderem Angst kriegen würde.

Die Angst meiner Mutter ist chronisch und bildet Metastasen in ihrem ganzen Körper. Und in ihrer Seele.

„Keine Sorge", antwortete ich, „ich geh zum Busbahnhof Zigaretten kaufen. Ich kann nicht schlafen."

Fela verkroch sich nun wohl mit ihrer Angst unter der Decke und betete stillschweigend für mich. Zum Glück hatte meine Mutter vor ein paar Jahren wieder angefangen, das Wort Gott zu gebrauchen. „Lieber Gott, beschütze ihn", murmelte sie jetzt wohl.

Gut, dass sie in ihrer Angst von Gott begleitet wird.

El Jabao und ich liefen rüber zu Cundo.

Der alte Cundo lag mit gespaltenem Schädel auf seinem Klappbett.

Es war fast kein Blut auf dem schäbigen Kissen. Ein roter Faden zog sich von der Nase über die Lippen, über den langen, mageren Hals bis zu den gelblichen Brusthaaren.

In einem alten, mit rötlichem Damast überzogenen

Lehnsessel aus Holz, gleich neben dem kleinen Tisch, auf dem ein nicht beendetes Dominospiel und eine Flasche billigsten Fusels lagen, die in der Nacht wohl mehrmals wieder aufgefüllt worden war, döste Blanquita.

Ein eiskalter Schauer lief mir über den Rücken.

Wieder einmal blickte ich dem Tod ins Auge.

Dem Tod, wie damals in Angola.

Wieder hatte ich Jiguanís Gesicht vor mir. Wieder konnte ich mir nicht erklären, warum zum Teufel er damals gelächelt hatte, vollkommen zerfetzt von Maschinengewehrsalven, allein am anderen Ende der Welt: „Diesen Schweinen haben wir's aber gezeigt, Leo", sagte er mit seinen Eingeweiden in den Händen. Er spürte nicht, dass sein Leben mitsamt seinen Gedärmen durch das Loch mitten in seinem Bauch entwich.

Jiguaní, wie er einsam am Arsch der Welt starb. Nur ein Typ, den er einige Monate zuvor kennen gelernt hatte, den er aber schon Bruder nannte, und ein altes, zerfleddertes Pornomagazin in der Hosentasche seiner olivgrünen Uniform waren dabei.

Einsam sterben. Weit weg von seiner Familie und dem Viertel sterben ist einsam sterben.

Am Ende der Welt sterben, ohne zu wissen, wofür man verdammt noch mal stirbt, ist einsam sterben.

Jiguaní lächelt immer noch, während er sich mit beiden Händen den Bauch hält: „Diesen Schweinen haben wir's aber gezeigt, Leo."

Von weitem hörte man die dröhnende, aggressive Musik aus einem Auto, die genauso schnell verklang, wie sie aufgetaucht war, inmitten der Stille der Morgendämmerung. Von draußen drang mit der kalten Luft ein abscheulicher Geruch nach Nachtjasmin ins Zimmer.

Ich blickte dem Tod wieder ins Auge.

Dem Tod, musikalisch untermalt.

Es ist Samstagnacht und im Polizeirevier herrscht merkwürdige Aufregung. Man sagt uns, dass ein Großeinsatz vorbereitet wird. Und schon sitzen wir dienstbereit in den Fahrzeugen. „Öffentliche Ruhestörung in allen vier Nachtlokalen von Santa Clara, und das gleichzeitig", sagt der Chef. „Ein Riesenaufruhr", bemerkt Pinky und reibt sich die Hände. „Das könnte eine Gegenrevolution sein", sagt der Kommandant und erklärt: „Das ist geplant. Das kann kein Zufall sein. Aber darum kümmern sich andere. Wir sind nur dafür zuständig, die Situation zu entschärfen."

„Ich werde mir einen Spaß draus machen, denen den Schädel einzuhauen", kündigt Pinky beim Aussteigen an.

Ich schaue ihn an und schmunzle.

Jung und übermütig.

Eingeweiht wurden wir in einer Karnevalsnacht in Havanna, als wir noch auf der Akademie waren. Auf der Bühne spielte die Big Band von Pello el Afrocán, als plötzlich die Trommler von Cocuyé aus Santiago de Cuba auftauchten. Diese Typen aus dem Osten fallen in Havanna ein wie die Heuschrecken. Sie sind wie die Araber, die überall ihr Lager aufschlagen. In einem Zimmer im Zentrum von Havanna nistet sich dann gleich ein Haufen von ihnen ein und man wird sie nicht mehr los.

Die Leute aus Havanna tanzten zur Musik, als sie kamen und sich mit der Trompete und ihrem „Platz da, hier kommt El Cocuyé“ in die Mitte drängten. Und dann gab es einen Riesenaufstand.

Wir mussten mit Schutzschild, Helm und Schlagstock dazwischengehen und aufräumen.

Pinky, der mit beiden Fäusten draufloschlug, sagte: „Ich scheiß auf euch Typen und auf eure Messer.“

Und ehrlich, Pinky war verdammt mutig.

Pinky klopft mir auf die Schulter und lacht. Ich mache das Gleiche.

„Wir machen uns einen Spaß draus“, antworte ich.

Der Nachtclub El Bosque liegt an der Landstraße, in der Nähe des Baseballstadions und der neuen zwölfstöckigen Blöcke.

Pinky und ich kommen als Erste dort an. Der Türsteher lehnt mit einer Platzwunde am Kopf an der Wand. Sein Hemd ist zerrissen. Er schnäuzt sich und sein Taschentuch füllt sich mit Blut und Rotz.

„Hier kommt keiner mehr rein“, ächzt er.

Zwei weitere Wagen kommen an. Pinky und ich gehen rein und kämpfen uns den Weg durch die schwarze Meute frei. Plötzlich taucht hinter einem Baum eine Riesenfaust auf, die zwischen meine Augen zielt und mir alle Lichter ausknipst. Es ist, als würde sich die Musik entfernen. Mein Körper schwebt, aber etwas in meinem Unterbewusstsein befiehlt mir, meinen Arm zu heben und auf die dunkle, verschwommene Gestalt vor mir einzuschlagen, bis sie zusammenbricht. Ich komme langsam wieder zu mir. „Diesen Wichser nehme ich mit. Der bleibt ein paar Nächte auf dem Revier." Ich schaffe es irgendwie, ihm die Handschellen anzulegen, und zerre den Koloss hinter mir her. Plötzlich sehe ich, wie ein paar Leute einen Körper auf ihre Schultern nehmen. Einen Mann in Uniform. Ich kann sein Gesicht nicht erkennen, aber ich weiß, dass es Pinky ist. Ich versuche zu ihm durchzukommen, aber bei diesem Gedränge ist das unmöglich. Ich kämpfe mir einen Weg frei, aber Pinky entfernt sich immer weiter von mir. Sie tragen ihn blutüberströmt weg. Ich öffne die Handschellen, um diesen verdammten Neger, den ich hinter mir herschleife, loszuwerden, aber auch so komme ich nicht vorwärts. Verzweifelt und hilflos trete ich auf ihn ein, während ich einen Rettungswagen wegfahren höre.

Man musste es mir nicht sagen. Schon als ich ihn von weitem verwundet gesehen hatte, hatte ich gewusst, dass ich ihn nie mehr wieder lebend sehen würde. Ich hatte die Augen geschlossen und weiter auf den Typen am Boden eingetreten. Man musste mich von ihm wegreißen.

Pinky ist auch allein gestorben.

Seine kleine Familie – eine Tante mütterlicherseits und ein alkoholsüchtiger Stiefvater – lebt in Manzanillo.

Er sagte immer, das Einzige, was er habe, seien Fela und ich.

Eine Fliege wollte sich auf Cundos Lippen niederlassen, das Blut des Alten schien sie anzuziehen. Ich verscheuchte sie, aber nach ein paar Runden kehrte sie wieder zurück.

Auch Cundo ist allein gestorben. Seit er hierher gekommen ist, hat er immer allein gelebt. Allein und besoffen.

Er nahm ständig irgendwelche Gelegenheitsjobs an und versoff dann das bisschen Geld gleich wieder. Morgens war er meistens schon blau und die Kinder riefen ihm nach: „Cundo, Witzfigur, saufen tut er immer nur." Und er schrie zurück: „Ihr verdammten Rotzbengel, wenn ich euch erwische, versohle ich euch den Hintern, dass euch Hören und Sehen vergeht!"

Nachmittags, nachdem er seinen Kater ausgeschlafen hatte, unterhielt er sich mit den Jungs auf der Straße über Baseball und organisierte Baseballspiele auf dem kleinen Gelände hinter dem Friedhof. Oder er erzählte von der Zeit, als er in Sancti Spíritus lebte, und davon, wie es früher war, als es Freudenhäuser gab und man für die Huren offiziell bezahlte, als der Rum gut und billig war und er genug Geld hatte, um sich diese Freuden zu gönnen.

Und wenn der erste Vogelschwarm in der Dämmerung in Richtung Plaza Vidal über das Viertel flog, griff er wieder zur Flasche, um dann traurige Geschichten von untreuen Frauen und bitteren Enttäuschungen zu erzählen. Um mexikanische Volkslieder, die bekanntesten Boleros oder tragische Tangos zu singen. Um den Tag wie immer zu beenden: allein und betrunken in seinem Zimmer. Ohne Familie: ohne Mutter und Vater, ohne Kinder und Enkelkinder.

Allein, alt und betrunken.

Cundo ist allein gestorben, das war sein Schicksal. Genauso wie es meines ist, Polizist zu sein. Polizist zu sein, denn genauso wie vorherbestimmt war, dass in einer kalten Nacht irgendein Hurensohn dem Alten den Schädel einschlagen würde, so muss auch vorherbestimmt sein, dass jemand diesen Dreckskerl schnappen wird, damit er für seine Tat bezahlt.

Erneut verscheuchte ich die Fliege. Sie flog diesmal bis zum Sessel, auf dem Blanquita lag, und ließ sich auf ihren Lippen nieder. Eine Mischung aus Speichel und billigem Fusel rann aus ihrem Mund. Fliegen sind wirklich hartnäckige Biester, wenn es um Blut, Spucke oder Scheiße geht.

Cundo, Blanquita, El Jabao und ich. Wieder einmal

hatte uns das Schicksal an den gleichen Ort geführt. Mitten in der Nacht.

Das Viertel ist ein Ungeheuer, dachte ich. Das Leben im Viertel ist total verrückt.

Blanquita lebte seit mehr als fünf Jahren auf der Straße. Blanquita lebte auf der Straße, seit Tachuela, ihr Stiefvater, gestorben war.

Kurz nach der Beerdigung des Alten hatte Blanquita ihr Zimmer verscherbelt, ihre Tochter Rosa María zu ihrer Tante Pura geschickt und angefangen, das Geld zu versaufen.

Die Nächte verbrachte Blanquita bei Cundo oder im Busbahnhof oder sie schlief dort, wo sie besoffen umgefallen war.

Blanquita war nicht die Frau von Cundo.

Blanquita war die Frau von niemandem.

Blanquita war die Frau von niemandem und die Hure von allen, irgendwann einmal sogar die von Cundo, aber diese Zeiten waren längst vorbei.

Blanquita war einmal jung gewesen.

Blanquita war eine fabelhafte Hure gewesen: eine Mulattin mit festem Hintern, durchtrieben und stets bereit, Hand anzulegen. Prahlerisch und vorlaut. Unverschämt und vulgär. Verdorben und provokant.

Blanquita, die billige Nutte, volksverbunden und beliebt.

Blanquita war ungefähr so alt wie ich.

Blanquita hatte uns alle in die Geheimnisse des Sex eingeführt.

Blanquita, die Meisterin im Vögeln.

Und wir Jungs folgten ihr wie einer läufigen Hündin.

Nur ein einziges Mal sprach mein Alter mit mir über wichtige Dinge: „Pass mit dieser kleinen Schlampe auf, sie könnte allerlei Krankheiten haben", sagte er mit ernster Miene.

Und Fela schaute angstvoll aus der Ecke zu uns herüber.

Blanquita. Jetzt sah sie uralt aus, obwohl sie noch nicht einmal vierzig war.

Blanquita, versoffen und verrückt.

Blanquita, die sich besäuft und die in ihren wenigen lichten Momenten erklärt, dass man gewisse Dinge ohne Zähne besser machen könne.

Blanquita, die immer älter wird, während ihre Tochter Rosa María zur neuen Billignutte des Viertels heranwächst.

Ich sehe Blanquita an und es fällt mir schwer zu glauben, dass dieses Bündel auf dem Sessel – dreckig, weil sie sich wochenlang nicht gewaschen hat, widerlich nach Kotze und billigem Fusel stinkend und bewusstlos – das gleiche Mädchen sein soll, das wir Jungs durch die unzähligen Ritzen dieses Zimmers immer wieder dabei beobachtet haben, wie es sich vor Cundo auszog. Manchmal für einen Peso, dann wieder, weil sie Lust dazu hatte oder einfach nur, weil sie geil darauf war, von einem

Kerl begrapscht zu werden. Das Flittchen, das uns eines Abends mitteilte: „Heute dürft ihr alle mal. Stellt euch an!“ Der Erste war Manolito el Buty. Er war der Älteste und hatte schon früher etwas mit ihr gehabt. Danach kam El Jabao, dann El Puchy, dann ich. Sogar Pepe la Vaca kam zum Zug.

Blanquita. Auf einer Matratze auf dem Boden in Cundos Zimmer, nackt, mit einem von uns auf ihr drauf. Sie bewegte sich rhythmisch hin und her und rief schweinische Sachen, um uns scharf zu machen, während wir zuschauten und mit weit aufgerissenen Augen unsere Schwänze zum Einsatz bereithielten. Blanquita. Mit allen aus der Gruppe, einem nach dem anderen.

„Nur Mut, meine Herren, ich bin nicht aus Porzellan.“ Sie strich sich über ihr Schamhaar und goss sich aus einer Blechdose Wasser zwischen die Beine. „Na los, der Nächste!“

Und die Flasche Calambuco.

Und im Radio die Musik des Nachtprogramms.

Und der Eimer mit Wasser in einer Ecke des Zimmers.

Blanquita, die mit allen vögelt, ohne auch nur einen Peso dafür zu verlangen, ganz anders als die Huren früher, von denen Cundo immer erzählt. Das nennt er Sozialismus.

„Siehst du, Cundo, der Sozialismus ist eindeutig besser: Die Huren verlangen jetzt nichts mehr.“

Blanquita hatte diese wilden, durchzechten Nächte längst vergessen. Sie wollte sich nicht mehr daran erinnern. Es war leichter für sie, das alles zu vergessen. Sich nicht einzugestehen, dass sie eine alte, versoffene Hure war, die sich gemeinsam mit einem Typen voll laufen ließ, der noch älter und versoffener war als sie, ohne ein Dach über dem Kopf, ohne Geld und mit einer Tochter, die ebenfalls eine versoffene Hure war, nur jünger. Noch.

Rosa María war damals etwa fünfzehn Jahre alt und behauptete, bereits mehr Stöße eingesteckt zu haben, als der Freiheitskämpfer Antonio Maceo im Unabhängigkeitskrieg mit der Machete ausgeteilt hatte.

Blanquita lag wie ein hingeworfener Lappen im Lehnstuhl. Auch El Jabao sah sie stillschweigend an.

„Hast du etwas angefasst?“, fragte ich El Jabao.

„Nein, natürlich nicht.“

Das Zimmer war von einer schwachen Glühbirne ausgeleuchtet. Sie warf ein gelbliches, stumpfes Licht auf den bräunlichen Dreck an den Wänden, auf den Boden und die Möbel.

„Ob das sonst noch jemand gesehen hat?“, dachte ich laut.

„Als ich hier vorbeikam, stand die Tür offen, genauso wie jetzt“, begann El Jabao, immer noch bleich im Gesicht und zitternd vor Angst, zu erklären. „Ich wollte zum Alten, um ihn ein wenig zu ärgern. Ich dachte mir: Er ist sicher wieder besoffen und ich kriege einen Schluck Calambuco ab. Als ich hineinschaute, sah ich, was passiert war, und rannte los, um dich zu holen.“

„Glaubst du, dass heute Nacht irgendjemand vom Comité-Wachdienst unterwegs war?“

„Bei dieser Kälte wohl nicht.“

Die Wache des Comités arbeitet je nach Lust und Laune.

Es heißt, dass die Wachdienste die wichtigste Aufgabe der Comités sind. Jedem Häuserblock sind zwei Schichten zugeteilt: eine von elf Uhr nachts bis zwei Uhr morgens, die fast immer von zwei Frauen gemacht wird, und eine von zwei bis sechs Uhr morgens, die die Männer übernehmen. Dann gibt es noch eine Streife, die die Arbeit der Wachleute überwacht und den Schutz der „wichtigen wirtschaftlichen Projekte“ unterstützt. Im Viertel gibt es einen Laden und eine Konditorei, die in die Kategorie „wichtige wirtschaftliche Projekte“ fallen.

Die Sache ist aber die, dass die Leute den Wachdienst oft gar nicht antreten, aus welchen Gründen auch immer: weil sie müde von der Arbeit kommen und am nächsten Tag früh raus müssen, vielleicht sogar um zu arbeiten. Weil sie die Nacht durchgemacht haben oder einfach nur, weil es ihnen draußen zu kalt ist.

So kommt es, dass im Viertel nachts meist kein einziger Häuserblock bewacht ist. Und weil ohnehin nichts passiert, stört's auch keinen. Bis sich eines Tages alles ändert, weil aus der Konditorei plötzlich das Mehl verschwindet, weil die teure Lampe aus dem Laden geklaut wird oder irgendein hohes Tier in die Stadt kommt.

Oder auch nur, weil der Jahrestag der Comités bevorsteht. Dann bekommen plötzlich alle das große Flattern. Die Wachen treffen neue Vereinbarungen mit den Nachbarn, neue Dienstpläne werden erstellt, neue Armbinden werden verteilt und wenn nötig, werden sogar neue Vorgesetzte eingestellt, die alles kontrollieren.

Aber nun war eine kalte Februarnacht. Drei Monate lang hatte es keinen Einbruch gegeben, weder im Laden noch in der Konditorei – ein wahrer Rekord –, der Jahrestag der Comités war erst in sieben Monaten und obendrein war es saukalt.

„Jabao, tu mir den Gefallen, schwing dich auf dein Fahrrad und schau beim Präsidium vorbei und sag Ambrosio Carabina, dass er herkommen soll. Er hat Dienst. Fahr dann zum Polizeirevier und sag dem Sekretär, was passiert ist und dass ich hier bin. Ach ja, und bring mir doch einen von deinen Mänteln mit."

„Meinen einzigen Mantel hab ich gegen eine Flasche Rum getauscht, Leo. Bei dieser Kälte hab ich einfach einen Schluck gebraucht, um mich vor dem Duschen aufzuwärmen."

Zehn Minuten später war Ambrosio Carabina da. Eigentlich hätte ich ihn nicht wirklich gebraucht. Ich wollte nur nicht allein sein. Wer ist schon gern mit einem Toten allein?

Kurze Zeit später kamen zwei Polizeiwagen.

Man hatte den Fall César übergeben.

César und ich waren früher einige Jahre zusammen auf Streife gewesen.

César war dunkelhäutig, klein, etwas eingebildet, aber ansonsten ganz in Ordnung. Als damals die Sache mit Manolo passierte, hatte man César damit beauftragt, mit mir zu reden, um mir den Posten des Hauptkommissars im Viertel schmackhaft zu machen. Manolo war der frühere Hauptkommissar. Er war hierher versetzt worden, um im Viertel aufzuräumen. Manolo griff mit eiserner Faust durch. Er ließ mehrere Personen festnehmen, nur weil man ihnen keine Arbeit zugeteilt hatte, den Metzger und den Geschäftsführer des Ladens warf er raus, er machte Jagd auf die Nutten und die Schwulen, die nachts den Busbahnhof belagerten, und verbot das Dominospiel auf der Straße. So schien im Viertel für eine Weile Ruhe einzukehren. Dieser Kerl machte sogar den Zitronenverkäufern das Leben schwer, und das will etwas heißen.

Aber das Viertel ist ein Ungeheuer.

Und mit Ungeheuern ist nicht zu spaßen.

Anscheinend stimmt es, dass man jedem etwas nachweisen kann, wenn man ihn nur lange genug beobachtet. Und anscheinend haben die Leute auch Recht, wenn sie behaupten, dass hinter jedem Fanatiker ein Mistkerl steckt, denn eines Tages kam es zum Skandal.

Um drei Uhr nachmittags stellte sich Sunilda Material vor dem Polizeipräsidium mitten auf die Straße und nannte Manolo vor allen einen Mistkerl und Erpresser.

Was er denn glaube, wer er sei, eine anständige Frau wie sie zu fragen, ob sie mit ihm vögle, und ihr zu drohen, sie sonst aus dem Zimmer zu schmeißen, in dem sie sich eingenistet habe.

Und hinter Sunilda schrie Margarita, er sei ein Arschloch, das hilflose Leute ausnutze, aber vor Kiko Empanada mache er sich vor Angst in die Hose, „weil Kiko dir ganz schön die Fresse poliert, wenn du ihm blöd kommst".

Und dann kam auch noch La Cuqui und schrie, sie habe ihm zwanzig Dollar geben müssen, damit er sie in Ruhe lasse. Sie, die doch noch nie so friedlich war wie jetzt mit ihrem kanadischen Freund!

Und Petra Lenguaetrapo sagte zu ihm, er solle aufhören, so viel Scheiße zu reden, weil ja sowieso jeder im Viertel wisse, dass er zu Hause Rindfleisch esse. Und das sei wirklich eine Sünde.

Und Emilita, die Hexe, rundete das Ganze ab, als sie sagte, er solle sich nicht aufregen, weil sie sonst sein Bein in einen Klumpfuß verwandle und seinen Schwanz trockenlege.

Niemand erfuhr jemals, ob das alles wahr oder gelogen war.

Und Emilita musste ihre Drohungen anscheinend erst gar nicht wahr machen. Zumindest die mit dem Klumpfuß nicht, was jeder auf den ersten Blick sehen konnte.

In einem Fall wie diesem ist es im Viertel immer besser, sich rauszuhalten. Manolo war schon fast sechzig und weil er auch so etwas wie eine Vorgeschichte hatte – vom Untergrundkampf bis zur Säuberungsaktion von Escambray –, beschloss man, ihn zu entlassen.

Also schickte man damals César, um mit mir zu reden.

„Das hier ist dein Viertel, mein Freund“, sagte er. „Du kennst hier jeden. Du weißt sogar, wo hier die Moskitos ihre Eier legen. Außerdem geht es hier weniger hart zu als bei der Streife. Wir werden auch immer älter und diese Strapazen sind nichts mehr für uns.“

Nie zuvor wäre mir auch nur im Traum eingefallen, im Viertel Hauptkommissar zu werden. In dem Viertel, in dem ich geboren wurde.

„Dieses Viertel ist völlig verrückt. Kannst du dir vorstellen, hier auch noch Hauptkommissar zu sein?“

„Hier brauchen wir jemanden wie dich. Die Partei hat dich vorgeschlagen.“

Ich sagte zu. „Wir sind die Grundpfeiler der Revolution“, sagte der Chef immer. „Wir müssen dort präsent sein, wo wir gebraucht werden, und nicht dort, wo wir sein wollen.“

Ich sagte zu und wusste: Es war nicht meine Rolle als „Grundpfeiler der Revolution“, es war das Viertel selbst, dieses Ungeheuer, das mich aus unerklärlichen Gründen in diese Situation brachte.

Ich sagte zu und wusste, dass ich mich eines Tages bestimmten Dingen würde stellen müssen.

Dingen, wie sie sich in den kommenden Stunden ereignen würden.

Sofort befahl César seinen Leuten, das Zimmer nach Spuren abzusuchen. Später nahm er mich zur Seite, um mich über das ohnehin Offensichtliche aufzuklären, von dem ich wusste, dass es uns bei der Lösung des Falles nicht weiterbringen würde.

„Es waren heute Nacht mindestens vier Personen hier, Leo. Und es ist viel Alkohol geflossen. Der Alte hat Zigarren geraucht und die anderen billige Zigaretten, solche für sieben Pesos die Schachtel. Außer dieser Alten" – damit meinte er Blanquita – „war noch eine andere Frau da, die einen ziemlich grellen Lippenstift benutzt."

In letzter Zeit hatten sie in Cundos Zimmer Domino gespielt. Das hatte sich so eingebürgert, nachdem Manolo das Dominospiel auf der Straße verboten hatte. El Moro, Pepe la Vaca, Blanquita und der Alte waren immer dabei, aber fast jedes Mal machte auch noch jemand anderer mit. Sie tranken den Alkohol, den Frank la Puerca, die alte Sau, verkauft, und selbstverständlich rauchten sie billige Zigaretten. Dass der alte Cundo Zigarren rauchte, und zwar fast immer selbst gedrehte, wusste ich schon seit meiner frühesten Kindheit. Die mit dem roten Lippenstift war ganz sicher Rosa María gewesen.

„Es gibt keine Anzeichen eines Kampfes. Der Alte

wurde überrascht und dann auf die Pritsche gelegt. Meine Männer suchen gerade nach der Mordwaffe."

Die Mordwaffe war der Türriegel. Ich zeigte ihn César: Er lag unter der Pritsche.

„Wer war der Alte?", fragte er zum Schluss.

Ich hätte ihm antworten können, dass manche Väter ihren Söhnen gewisse Dinge nicht beibringen. Entweder, weil sie keine Zeit dafür haben oder weil sie nicht wissen wie.

Ich hätte ihm erzählen können, dass Cundo der Erste gewesen war, der mir einen Baseballschläger in die Hand gedrückt und mir gezeigt hatte, wie ich mich hinstellen und die Schultern vorstrecken musste, um den Ball richtig zu schlagen. Dass er es gewesen war, der mir den ersten Schluck angeboten hatte: einen Schluck milchigen Alkohol aus einem weißlich verkrusteten Glas.

Dass er es gewesen war, von dem ich zum ersten Mal in meinem Leben etwas über Tripper und Syphilis erfuhr, als ich ihn fragte, welche Krankheiten Blanquita haben könnte. Dann hatte er mir lachend ein Kondom in die Hand gedrückt und gesagt: „Wenn du willst, zieh es dir über, aber mach dir keine Sorgen. Wenn diese Hure eine Krankheit hätte, wäre schon das ganze Viertel verseucht."

„Er war ein guter alter Mann", sagte ich stattdessen.

„Wirst du mir helfen?"

„Sicher", sagte ich.

Es wurde schon hell, als ich nach Hause ging, um mich umzuziehen. Ich hatte César versprochen, ihm bei allem, was die Ermittlungen betraf, zu helfen. Und das war nichts anderes als ein Teil meiner Arbeit.

Auf dem Heimweg schwor ich mir im Stillen: Dieser Dreckskerl, wer auch immer es war, würde dafür, was er Cundo angetan hatte, bezahlen.

Auf Nimmerwiedersehen, Süße

Als ich nach Hause kam, wusste Fela schon, was passiert war. Das Viertel ist ein Ungeheuer mit tausenden unsichtbaren Fangarmen.

Und über diese Tentakel verbreiten sich die Neuigkeiten schneller als über das Radio, schneller als über das Fernsehen und sogar schneller als über das Internet.

„Wer hat es dir gesagt?"

„Alle wissen es. Es heißt, dass sie um Geld spielten und der Alte nicht zahlen wollte."

„Alles Lügen. Es gab keine Schlägerei. Sie haben ihn überrascht – mit dem Türriegel."

Fela bekreuzigte sich. Mit angsterfüllten Augen stellte sie mir das Frühstück auf den Tisch.

„Ich wusste, dass dieser alte Säufer eines Tages so enden würde. Dieses Haus betritt keiner, der zu etwas taugt."

Es war dieselbe alte Leier, die ich schon als Kind ertragen musste – immer wenn ich mit den anderen hinter den Friedhof Ballspielen ging oder wenn sie sah, wie ich mich mit dem alten Cundo auf der Straße unterhielt.

Vielleicht hatte Fela auch Recht: Cundo war immer ein Säufer gewesen, aber mit der Zeit hatten ihn alle Jungs unserer Clique ins Herz geschlossen. Und irgendwann wollten wir sogar so sein wie er, wenigstens ein bisschen. Ich habe keine Ahnung warum.

Ich beendete mein Frühstück, zog mich um und ging hinaus.

„Pass auf dich auf, Junge", sagte sie wie immer, wenn ich aus dem Haus ging.

Inzwischen wusste jeder über Cundos Tod Bescheid. Doch damit nicht genug: Es kursierten auch Gerüchte darüber, warum es passiert war, wie es passiert war und wer es getan hatte.

Ich ging zu Mariana, um meine Tochter zu sehen. Yanet war in der Schule. Nélida, meine ehemalige Schwiegermutter, machte mir Kaffee.

Nélida mag es, wenn ich vorbeikomme und mich nach dem Mädchen erkundige, besonders, wenn Yanet nicht zu Hause ist. Sie liebt es, mir zu erzählen, was für ein guter Mensch Alfredo, der neue Mann von Mariana, ist. Und dass er meine Tochter liebt, als wäre er ihr leiblicher Vater.

Sie freut sich, wenn ich bei ihr zu Hause vorbeischaue und sie mich daran erinnern kann, dass das Mädchen Sachen braucht, die nur ein Polizist besorgen kann.

Nélida bot mir noch einen Kaffee an und erzählte mir, dass die Kleine eine Erkältung habe, dass sie ein Paar Sportschuhe für den Turnunterricht brauche, dass Mariana sehr viel arbeiten müsse und keine Zeit habe, mit der Kleinen die Hausaufgaben durchzugehen, und dass sie jemanden benötige, der das mache, selbstverständlich gegen Bezahlung, und – ohne eine Pause zu machen, wie es eben ihre Art ist – dass das mit Cundo eine klare Sache sei: „Im Viertel gibt es keinen mehr, der nicht Domino um Geld spielt. Der Alte wollte alles allein einsacken und dann haben sie ihn kaltgemacht." Nélida flucht wie ein Matrose, weil sie lange in einer Hafenkneipe gearbeitet hat. Rosa María sei unauffindbar, weil sie es war, die ihn umgebracht hat, behauptete Nélida. Und sie erläuterte ihren Standpunkt:

„Dieses Flittchen ist unberechenbar. Die scheut vor nichts zurück. Die ist wirklich zu allem fähig. Sie war's, die den Alten kaltgemacht hat, so viel ist sicher." Ich trank noch einen Kaffee und machte mich auf den Weg.

Ambrosio Carabina fegte gerade das Büro, als ich im Präsidium ankam.

„Auf der Straße geht ein Gerücht um", sagte er.

„Nur eins?"

„Die kleine Raquel sagt, dass die Leute schon darüber tratschen, dass es El Moro gewesen sein muss, weil er zuletzt eine heftige Auseinandersetzung mit Cundo beim Dominospiel hatte."

Die kleine Raquel ist die Tochter von Manolito el Buty.

Manolito el Buty ist einer meiner Kumpel aus dem Viertel, genauso wie El Puchy, El Jabao und Pepe la Vaca, nur dass El Buty nicht mehr im Viertel lebt. El Buty ist zu einem wichtigen Provinzparteifunktionär aufgestiegen und lebt nun im Zentrum von Santa Clara, in einer Wohnung, die ihm wegen seiner Parteifunktion zugeteilt wurde. Und da er so ein hohes Tier in der Partei ist, fährt er einen russischen Lada. El Buty lässt sich fast nie mehr im Viertel blicken. Raquel studiert Soziologie an der Universität und ist Sozialarbeiterin im Polizeipräsidium. Die Kleine interessiert sich für alles, was hier passiert, „für die Leute und ihre Geschichte", wie sie immer sagt, und das beunruhigt El Buty sehr, der sie in einem anderen Milieu großgezogen hat. „Behalt sie genau im Auge, Leo", sagte El Buty zu mir, als Raquel im Präsidium anfing. Sonst sagte er nichts.

El Buty will nicht, dass seine Tochter weiß, dass Susy, ihre Großmutter, eine Hure war, dass sie in einem schäbigen Holzhaus lebten und sich von kleinen Vögeln mit Reis ernährten.

Und ich muss jetzt das Kindermädchen für die Tochter meines Freundes spielen. Weil ein Freund so lange ein Freund bleibt, bis das Gegenteil bewiesen ist.

„Angeblich soll El Moro zu Cundo gesagt haben, dass er ihn eines Nachts ordentlich verprügeln wird, damit er sich sein ganzes Leben lang an ihn erinnert", schloss Ambrosio.

Die Leute im Viertel haben genug Phantasie, um einen Mörder zu finden, ohne dafür Nachforschungen anzustellen. Ein Mord gehört zwar nicht zum Alltag im Viertel, aber es kann jederzeit einer geschehen. Im Viertel kann man aus ganz banalen Gründen umgebracht werden. Etwa wegen einer Zigarette, wegen einem Schluck Rum oder wegen einer Meinungsverschiedenheit über Baseball. Im Viertel kann einen so gut wie alles das Leben kosten.

Ich ordnete meine Unterlagen. Dann ließ ich meinen Assistenten Ambrosio mit seinen Aufgaben allein und machte mich auf zum Bestattungsunternehmen.

Am Ausgang des Präsidiums traf ich Raquel, die mich mit einem Kuss auf die Wange begrüßte.

Raquel mit hautengen Jeans an ihrem zierlichen, aber perfekten, wie von Künstlerhand geformten Körper.

Raquel in ihrem Pullover, der ihren kleinen Busen mit den rosenfarbigen Brustwarzen durchscheinen lässt.

Raquel, ihre grünen Augen, ihr Lächeln.

Raquel, die Tochter von El Buty. Die Tochter meines Bruders El Buty.

Im ganzen Viertel redete man nur noch über den Mord an Cundo. Manche verstummten, wenn ich an ihnen vorüberging. Andere wiederum sprachen lauter, um mich indirekt ihre Meinung wissen zu lassen.

„Das Viertel ist ein Dschungel, aber du schaffst das schon“, hatte César gesagt, als er damals geschickt wurde, um mich davon zu überzeugen, den Posten des Hauptkommissars anzunehmen.

„Das Viertel ist ein Ungeheuer und sosehr du auch glaubst zu wissen, was abläuft, du wirst nie dahinter kommen. Lass die Finger davon, Leo“, sagte El Puchy, als ich ihn um Rat fragte.

Um neun Uhr morgens ging ich zum Bestattungsunternehmen. Der Leichnam war in Kapelle C aufgebahrt.

Neben dem Sarg stand nur eine Hand voll Leute. Zwei Säufer aus dem Viertel, Mario, der im Namen des Comités den Kranz gebracht hatte – den einzigen, den Cundo bekam – und der gleich wieder ging, um sich um die Formalitäten der Beerdigung zu kümmern, und der Arzt aus dem Viertel, ich weiß auch nicht warum.

Cundo hatte einen Neffen, der in Sancti Spíritus wohnte, an diesem Vormittag jedoch dachte niemand an ihn. Er wird froh darüber gewesen sein.

Ich zündete mir eine Zigarette an. Ich rauche nur, wenn ich trinke, wenn ich auf den Bus warte und in Bestattungsunternehmen.

Mario kam nach wenigen Minuten zurück und sagte, er habe sich um alles gekümmert, damit „das Problem schnell gelöst" sei.

„Die Beerdigung ist um vier am Nachmittag", sagte er.

El Moro kam herein und setzte sich in eine Ecke, weit weg vom Sarg. Ich rauchte meine Zigarette fertig, gab ihm ein Zeichen, mir zu folgen, und ging auf den Balkon hinaus.

Trotz der Kälte war der Morgen klar. Vom Balkon des Bestattungsunternehmens aus gleicht das Viertel um diese Zeit einem Ameisenhaufen.

El Moro stellte sich neben mich und stützte die Ellbogen auf das Balkongeländer.

„Du warst letzte Nacht dort", fuhr ich ihn an.

„Nein, Leo, ich schwöre es.“

„Verarsch mich nicht, Moro! Ihr sauft doch immer zusammen und gestern Nacht habt ihr mehr gesoffen als eine Herde Elefanten.“

„Ich war gestern Nacht nicht dort, Leo. Ehrlich. Das schwör ich dir.“

„Verdammt, das Schwören kannst du dir sparen!“

„Komm schon, Leo. Ich versteh dich ja. Du bist der Kommissar und musst ermitteln. Außerdem warst du ein Kumpel des Alten. Du, El Buty, El Jabao, El Puchy, Pepe. Ich weiß, dass ihr ihn alle gern hattet. Wenn ich dir irgendwie helfen kann – auf mich kannst du zählen. Cundo war ein feiner Kerl. Er war auch mein Kumpel, das weißt du doch. Aber ich schwöre dir, dass ich letzte Nacht nicht dort war.“

„Und wo warst du letzte Nacht, Moro?“

„Ich bin für jemanden vor dem Restaurant Mil Ochocientos als Platzhalter in der Schlange gestanden, so verdiene ich mir ein paar Pesos dazu. Das sag ich dir, Leo, weil ich weiß, dass du ein Mann bist und nicht unnötig Stress machst. Außerdem habe ich einen Haufen Zeugen, die mich in der Schlange gesehen haben. Diese Rosa María, die von Blanquita, hat mich gesehen, als ich gerade im Café an der Plaza Vidal Kaffee getrunken habe.“

El Moro steckte seine Hand in die hintere Hosentasche und zog ein gelbliches Fläschchen heraus, in dem irgendwann einmal Hustensirup gewesen war. Er schraubte es auf, nahm einen Schluck und streckte es mir mit seiner zittrigen Hand entgegen.

Der Gestank des Calambuco warf mich fast um.

„Rosa María?"

„Ja, genau die", sagte er und steckte das Fläschchen wieder weg, nachdem ich ihm deutlich gemacht hatte, dass ich nicht vorhatte, mich mit diesem Zeug zu vergiften. „Das war so gegen halb vier, als sie begannen, Kaffee zu verkaufen. Sie stand mit zwei Typen auf der Plaza."

„Und du glaubst, dass sie dich gesehen hat?"

„Sicher, sie wollte ein paar Pesos für einen Kaffee und ich sagte ihr, dass sie doch die zwei fragen soll, die mit ihr unterwegs waren. Sie sagte, ich sei nichts als ein Hungerleider, und ich antwortete, dass sie selbst eine viel größere Versagerin sei, weil sie mit diesen Typen herumhurt, die nicht einmal einen Peso in der Tasche haben."

„Moro, verdammt, du hast aber ein gutes Gedächtnis!"

„Das liegt daran, dass ich zur Zeit nicht viel trinke", erwiderte er. „In meinem Alter muss man langsam an die Gesundheit denken."

„Hoffentlich musst du nie in den Knast. Du nimmst sonst noch das halbe Viertel mit", sagte ich und registrierte sein nervöses Lächeln.

Bevor ich ging, stellte ich ihm noch eine letzte Frage: „Hast du Pepe gesehen?"

„Er ist nicht zum Bestattungsunternehmen gekommen. Angeblich hat man ihn heute Morgen am Busbahnhof gesehen – mit Pedrusco el Rey del Brillo."

Ich konnte mir ein Lächeln nicht verkneifen, was El Moro richtig zu deuten wusste. Er senkte beschämt den Kopf. Ich klopfte ihm auf die Schulter und machte mich auf den Weg.

César hatte Blanquita aufs Revier mitgenommen, um sie zu befragen, sobald sie ausgenüchtert war.

Er konnte nicht ahnen, wie lange er würde warten müssen, um kaum etwas zu erreichen.

Ich wollte Rosa María sehen und ich wusste genau, wo ich sie finden würde. Sobald ich draußen war, fuhr ein Pferdekarren, auf dem sich viele Leute drängten, in Richtung Revier an mir vorbei. Wie es mich das Leben gelehrt hatte, packte ich die Gelegenheit beim Schopf, gab dem Fahrer ein Zeichen und stieg auf.

Auf dem Revier traf ich César. Er war aufgeregt wie ein kleines Kind.

„Es hat sich alles aufgeklärt, Leo. Die alte Frau vom Comité-Wachdienst behauptet, man hätte sie darüber informiert, dass ein gewisser Pepe la Vaca heute Nacht im Zimmer des Alten war. Ich habe ihn suchen lassen, um ihn zu vernehmen, aber er ist im ganzen Viertel unauffindbar. Es muss dieser Typ gewesen sein. Ich habe bereits zwei Männer losgeschickt, um ihn zu suchen. Damit wäre der Fall fast abgeschlossen. Weißt du irgendetwas über diesen Pepe?"

„Nein, ich weiß nichts", log ich ihn an und wechselte das Thema. „Wie geht's Blanquita?"

„Der verrückten Alten? Die ist ein Fall für sich. Sie ist immer noch nicht nüchtern. Ich glaube, bis die redet, wird es wohl zu spät sein – wenn sie überhaupt etwas weiß. Bis dahin werde ich diesen Pepe längst geschnappt haben. Hoffentlich kommt sie noch vor dem Jüngsten Gericht wieder zu sich!"

„Gut, wenn das so ist, dann gehe ich."

Wenn er erwartet hatte, dass ich seine Euphorie über den Erfolg teilte, hatte er sich getäuscht. Ich ließ ihn mit offenem Mund stehen. Der Zeitpunkt, ihm zu erklären, dass Pepe nicht Cundos Mörder sein konnte, war noch nicht gekommen. Der Zeitpunkt, ihm zu erklären, warum das so war, noch viel weniger.

Es gibt Dinge, die kapiert César einfach nicht.

Ich eilte vom Revier ins Viertel. Rosa María war zweifellos im Haus ihrer Tante Pura. Und jetzt brauchte ich sie.

Vorher ging ich noch beim Busbahnhof vorbei. El Rey del Brillo heißt mit richtigem Namen Pedro Caballero Infante und war Soldat im Rebellenheer an der zweiten Front von Escambray gewesen. Nach dem Sieg der Revolution wurde er Direktor des Instituts für landwirtschaftliche Reformen in Manicaragua, aber nach einer Auseinandersetzung mit einem Kommandanten, der dann Escambray so gut wie allein beherrschte, verlor er seinen Posten und Dienstrang als Leutnant und endete schließlich als Schuhputzer am Busbahnhof von Santa Clara, wo er mit Cundo und seiner Bande billigen Fusel trank.

Ich setzte mich auf den Stuhl und fragte El Rey del Brillo nach Pepe la Vaca.

„Er war heute schon sehr früh da. Wir salutierten gerade vor der Flagge, als Chago El Gordillo herschickte, um ihn zu suchen."

Für El Rey del Brillo ist der erste Schluck, den er am Morgen feierlich zu sich nimmt, der „Salut vor der Flagge".

„Chago?"

„Ja. Chago el Buey."

„Hat Pepe irgendetwas mit diesem Typen zu tun?"

„Ach, Leo! Was weiß ich?", erwiderte El Rey del Brillo. Während er rotbraune Schuhcreme auf meinen schwarzen Schuhen verteilte, entschuldigte er sich dafür, dass er nicht beim Bestattungsunternehmen gewesen war: „Weißt du, das Leben ist hart und man lebt von der Hand in den Mund. Ich werde versuchen, mir ein paar Pesos für eine Mahlzeit zu verdienen und gehe dann am Nachmittag zur Beerdigung."

„Um vier", sagte ich mit einem besorgten Blick auf meine Schuhe. Ich gab ihm einen Peso und salutierte zum Abschied.

Ich ging die Calle Amparo hinunter und bog an der Ecke nach rechts ab. Kurz vor der Brücke der Calle Real bog ich in die Passage ein.

Es roch nach geröstetem Kaffee.

Pura hatte die Tür offen gelassen.

Pura wohnte in einem Zimmer mitten in der Kutscherpassage.

In einem winzigen Zimmer: in der einen Ecke das Bett, in der anderen der Schrank, der Herd in der Nische neben dem Holztisch und ganz hinten, hinter einem Vorhang, das Klo.

Pura stand am Herd und schwenkte Kaffeebohnen in einer Pfanne.

Ich betrat das Zimmer und setzte mich auf einen Hocker.

Seit einiger Zeit hatte ich bei Pura etwas gut. Papitico, ihr Sohn, hatte eines der größten Verbrechen begangen, das man in diesem Land begehen kann: Er hatte ein Pferd geschlachtet, ein gestohlenes natürlich, und das Fleisch mit Puras Hilfe verkauft.

Schon allein das Schlachten eines Pferdes, auch wenn das Pferd nicht gestohlen ist, bringt einem mehr als zwanzig Jahre ein, und wenn man da noch den Diebstahl und den illegalen Fleischverkauf dazurechnet, dann kann man davon ausgehen, im Knast zu verrecken.

Papitico sitzt jetzt im Knast, aber Pura ist auf freiem Fuß. Wenn beide sitzen würden, wäre das Ganze noch schlimmer, weil sie niemanden hätten, der ihnen Essen und Zigaretten brächte. Die arme Pura hat Asthma und Papitico ist nicht nur ein Mann, sondern auch jung, so jung, dass er noch nicht mal volljährig ist. Darum hat er auch eine mildere Strafe bekommen. Dass Pura auf freiem Fuß ist, hat sie mir zu verdanken.

Außerdem hat sich Papitico damals geschickt angestellt und hat deshalb Hilfe verdient.

Papitico band ein Pferd von einem der Karren in der Kutscherpassage los, brachte es in das Zimmer und schlachtete es an Ort und Stelle.

Papitico, der ein ziemlich guter Maurer ist, riss den Fußboden heraus und vergrub den Kopf, die Knochen, die Eingeweide und das Fell des Pferdes. Dann schüttete er das Loch wieder zu, legte einen neuen Fußboden drauf und hinterließ keine Spuren. Das Fleisch war in kürzester Zeit an den Mann gebracht.

Als Nena, die beim Comité für Bewachungsangelegenheiten zuständig ist, das Polizeipräsidium über das verdächtige Hin und Her von Plastikbeuteln in der Kutscherpassage und über das ebenso verdächtige Abhandenkommen des Pferdes von Mauricio el Flaco informierte, war es schon zu spät.

Wir machten uns mit einem Durchsuchungsbefehl unverzüglich auf, konnten aber nicht die geringste Blutspur finden, weder an den Wänden noch auf dem nagelneuen Fußboden.

Aber Nena, die Jessica Fletcher unseres Viertels, hatte gesehen, wie die ausgehobene Erde hinausgekarrt worden war, wie Steinplatten heraus- und neue hineingetragen worden waren. Also schlug sie vor, den Fußboden aufzureißen. Und tatsächlich, dort wurde man fündig.

Beim Verhör sagte Pura, dass sie an jenem Tag zu Besuch bei ihrer Cousine in Morón gewesen sei und dass sie keine Ahnung vom Treiben ihres Sohnes gehabt habe.

Papitico nahm die ganze Schuld auf sich.

Ich hätte Pura auffliegen lassen können.

Wie alle anderen im Viertel wusste auch ich, dass sie nicht in Morón gewesen war.

Ich hätte sie auffliegen lassen können, aber ich hab's nicht getan.

Es war nicht unbedingt ein Akt der Nächstenliebe. Ich hielt mich einfach nur an den Verhaltenskodex im Viertel. Seit jenem Tag sagt Pura, wenn es um mich geht: „Dieser Junge ist zwar Polizist, aber er ist ein echter Mann."

Pura drehte den Herd ab. Sie breitete die frisch gerösteten Kaffeebohnen auf einem gelben Papier aus, wischte sich mit dem Ärmel ihrer Bluse den Schweiß von der Stirn, holte ein Glas und schenkte mir ein wenig Kaffee ein.

„Der ist von meinem Neffen, der ein paar Sträucher in der Umgebung von Santa Clara hat", erklärte sie. „Probier ihn, er ist gut."

Auch Kaffee zu rösten ist ein schweres Verbrechen. Kaffee wird genauso kontrolliert wie Rindfleisch, Pferdefleisch, Langusten und Garnelen. In den Augen des Staates bedeutet jede Kaffeebohne, die Pura röstet und mahlt, eine Kaffeebohne weniger für den Export.

Pura verkauft den Kaffee auf dem Schwarzmarkt im Viertel, das weiß sogar ich.

„Ich muss mit deiner Nichte reden."

Der Kaffee war wirklich gut.

„Mit welcher Nichte?"

„Du weißt schon mit welcher Nichte."

„Rosita hat sich hier nicht blicken lassen."

„Pura, du bist nicht dumm. Ich muss mit deiner Nichte reden. Cundo wurde ermordet und das reicht mir schon, außerdem gibt es da jemanden, der Pepe la Vaca in die Sache hineinziehen will, und du weißt genau: Pepe mag ein Säufer sein und außerdem nicht mehr ganz dicht, aber er ist mein Bruder. Verstehst du? Ich werde hier so lange sitzen bleiben wie nötig. Ich werde zuerst den Kaffee aus dieser Thermoskanne hier trinken und wenn die leer ist, dann trinke ich den, den du gerade geröstet hast, und wenn es notwendig ist, schicke ich dich zu deinem Neffen, den du angeblich in Antón Díaz hast, um noch mehr Kaffee zu holen. Aber ich gehe nicht aus diesem verdammten Zimmer, bis ich mit Rosa María gesprochen habe. Ich werde mit deiner Nichte reden, und wenn ich den Boden noch einmal aufreißen und sie von da unten herausholen muss. Pura, wenn deine Nichte unschuldig ist, versichere ich dir, dass ihr nichts passieren wird. Du kennst mich und weißt, dass du dich auf mich verlassen kannst. Vergiss nicht, dass du mir etwas schuldest."

Daraufhin öffnete Pura die Schranktür.

Rosa María trug einen roten Latexmini, der vor langer Zeit einmal zur Sonntagsgarderobe einer reichen Lady gehört hatte, eine grüne, langärmelige altmodische Bluse mit Pailletten am Kragen und blaue Lackstöckelschuhe mit abgelaufenen Absätzen und stumpfen Schuhspitzen, die ich schon an ihrer Mutter gesehen hatte, als sie noch nicht verrückt war.

Ihr Gesicht war mit Rouge vollgeschmiert. Auf den Lidern hatte sie dick blauen Lidschatten aufgetragen. Ihre Lippen glänzten grellrot.

Rosa María sprang fluchend aus dem Schrank: „Du miese Hure, wenn ich deinetwegen in die Scheiße gerate, dann schwöre ich bei Gott, dass ich deine Bude mit dir drin anzünde."

Pura knallte ihr eine, dass sie auf dem Bett landete.

„Leo will mit dir reden", sagte sie und drehte ihr den Rücken zu. „Ich werde noch ein bisschen Kaffee machen."

Die junge Hure schaute ihre Tante hasserfüllt an. Pura schloss die Tür und verschanzte sich in der Kochnische.

Rosa María strich sich mit der Hand übers Gesicht und machte es sich auf dem Bett vor mir bequem.

Laszív schlug sie die Beine übereinander und bat mich um eine Zigarette. Ich holte die Schachtel aus meiner

Hemdtasche und legte sie aufs Bett. Sie nahm sich eine Zigarette und mit der typischen Unverfrorenheit einer Hure wartete sie mit der Zigarette zwischen Zeige- und Mittelfinger, bis ich ihr Feuer gab.

Rosa María war eine gewöhnliche Hure. Aber alle Huren machen das mit der Zigarette so. Sie haben es sich aus den amerikanischen Filmen der Fünfzigerjahre abgeschaut und es dann von Generation zu Generation weitergegeben.

„Warum versteckst du dich?"

„Ich verstecke mich nicht."

„Tatsache ist, dass der alte Cundo im Sarg liegt, deine Mutter auf dem Revier ist und du dich in einem Schrank versteckst. Das ist alles sehr eigenartig."

„Hast du vor, mich festzunehmen?"

„Ich werde dich mit aufs Revier nehmen. Dort gibt es jemanden, der mit dir sprechen will."

„Ich habe überhaupt nichts mit niemandem zu besprechen! Du kannst mich nicht einfach festnehmen. Du hast keinen Haftbefehl. Ich habe nichts getan."

Ich hörte ihr gar nicht zu. Ich stand auf, packte sie an den Handgelenken und als sie versuchte, sich zu wehren, hatte ich ihr die Handschellen schon angelegt.

Ich schubste sie zur Tür.

„Den Kaffee trinke ich ein anderes Mal, Pura."

Das erste Schimpfwort, das mir Rosa María an den Kopf warf, war Wichser.

Sie warf sich auf den Boden und beschimpfte mich. Ich musste sie auf die Straße zerren. Dann beschloss sie, doch selbst zu gehen, hörte aber nicht auf, mich anzuschreien.

Sie warf mir alle Schimpfwörter an den Kopf, die sie für Männer, Polizisten und für das politische System auf Lager hatte.

Auf beiden Straßenseiten blieben die Menschen auf den holprigen Gehsteigen stehen und starrten uns an, als wir vorbeigingen. Anscheinend bieten die tägliche Seifenoper und die zwei Samstagabend-Filme voller Sex, Gewalt und Obszönitäten den Menschen in meinem Viertel nicht ausreichend Unterhaltung.

Das Leben im Viertel ist völlig verrückt.

Für die meisten Schaulustigen, die das Spektakel neugierig verfolgten, war der Fall nun gelöst: Rosa María hatte Cundo ermordet, vielleicht, weil der Alte beim Kartenspielen das Geld nicht rausrücken wollte oder weil er sie vergewaltigen wollte oder einfach nur, weil er sie fürs Vögeln nicht bezahlt hatte. Rosa María war nicht so volksverbunden, wie ihre Mutter es gewesen war. Wir lebten in einem neuen Zeitalter. Das Wirtschaftssystem hatte sich geändert und damit auch das Verhalten der Leute. Das hatte man uns schon im ersten Jahr meines Jurastudiums in den Volkswirtschaftsvorlesungen eingetrichtert.

Für einige andere Schaulustige war ich allerdings nur ein Versager, der auf der falschen Spur war, oder einer, der sich das schwächste Glied in der Kette schnappte, nur um den Fall schnell abzuschließen.

Als wir die Carretera Central überquerten, die aus dem Viertel hinausführt, hörte Rosa María mit ihrem Theater auf. Schließlich hatte sie nun kein Publikum mehr.

Auf dem Parkplatz vor dem Busbahnhof saßen Mena und Redondo in einem Streifenwagen. Ich bat sie, mich aufs Revier mitzunehmen.

„César hat gesagt, wir dürfen uns nicht von der Stelle rühren, bis wir ihm diesen Typen liefern", sagte Redondo und zeigte mir ein Foto von Pepe la Vaca.

Es war eine alte Aufnahme. Pepe war dick und lächelte in seiner neuen olivgrünen Uniform. Ich kannte dieses Bild sehr gut. Es war das erste Foto, das er seiner Großmutter aus Angola geschickt hatte. Ich nahm das Foto in die Hand und drehte es um. Auf der Rückseite stand eine Widmung: „Oma, mach dir keine Sorgen. Mit dieser Uniform und der Kalaschnikow, die sie mir gegeben haben, nimmt es kein Afrikaner mit mir auf." Und das Datum: Oktober 1984.

Am selben Tag hatte auch ich einen Abzug dieses Fotos erhalten. Auf der Rückseite stand: „Leo, ich erwarte dich hier. Bring Rum mit, wir werden es mit den Afrikanerinnen treiben wie die Tiere."

„Das ist der, der den Alten umgebracht hat", sagte Mena.

Pepe la Vaca hätte hundertmal an ihnen vorbeigehen

können und sie hätten ihn nicht erkannt: vierzig Pfund leichter, zahnlos, mit roten Augen, die tief in den Augenhöhlen lagen, und früh ergrautem Haar. Das waren die Spuren, die der Alkohol am Körper dieses gutmütigen Dicken hinterlassen hatte, den die Älteren in der Clique von Kindheit an bewundert hatten, weil er ein „echter Draufgänger“ war – wie Manolito el Buty sagen würde.

„Dieser Typ war's nicht. Bringt mich schnell zum Revier, denn das, was ich hier habe, hat wirklich etwas mit der Sache zu tun“, drängte ich sie und schob das Flittchen vor mich hin.

Ich musste ihnen mehrmals versichern, César gegenüber die Verantwortung dafür zu übernehmen, bis ich sie davon überzeugen konnte, mich hinzufahren. Ich wollte nicht noch einmal zwei Pesos für die Fahrt mit einem Transportkarren ausgeben.

„Was soll das?“, fragte mich César, als ich ihm Rosa María vorführte.

„Ich habe sie zufällig gefunden. Das ist die, die gestern Nacht im Zimmer des Alten war“, erklärte ich ihm und machte ihn auf Rosa Marías Lippenstift aufmerksam.

„Sie ist die Tochter von der da hinten. Mal sehen, was du aus ihr herausbringst.“

César ließ Rosa María im Vorzimmer stehen und bat mich, ihn in sein Büro zu begleiten.

„Dieser Pepe la Vaca macht's mir ziemlich schwer", sagte er. „Er ist nirgends zu finden. Redondo und Mena haben mir im Laufe des Vormittags schon sieben dicke Schwarze gebracht, aber er war nicht dabei. Hast du keine Ahnung, wo er stecken könnte?"

„Nein, nicht die geringste", log ich ihn an, „und jetzt sag schon, was mit Blanquita los ist."

„Die alte Schachtel redet nur Unsinn. Ich warte nur, bis sie sich ein bisschen erholt hat, damit ich sie rauswerfen kann. Die ist nicht ganz bei Trost."

„Lass mich zu ihr", sagte ich.

César zog ein spöttisches Gesicht und sagte, ich solle mitkommen. Wir betraten ein Zimmer am Ende des Gangs.

Blanquita lag auf einem Sofa. Sie sah noch älter aus als in der Nacht zuvor. Im Neonlicht war jede Falte in ihrem Gesicht, jede geflickte Stelle an ihrer Kleidung, jede Narbe an Beinen und Armen noch deutlicher zu erkennen.

Es gibt Menschen, für die ein gelebter Tag ein ganzes Jahr ist.

Ich erinnerte mich wieder daran, dass Blanquita gleich alt war wie ich. Mir lief ein eiskalter Schauer über den Rücken.

Es tat mir Leid, sie so zu sehen.

Vielleicht machte es mir auch Angst.

Blanquita fing an, vor sich hin zu brabbeln, mit fast unhörbarer Stimme, so als würde sie singen. Die Stimme wurde plötzlich lauter und ging über in ein tonloses Schreien, das in ihrer Brust und in ihrem dunklen Verstand verhallte.

„Tachuela … Tachuela … Tachuela, du bist ein Schwein, verdammt. Tachuela, du bist pervers. Cundo ist mein Papi, mein Papito … Saug an meinem Busen, Cundo … Tachuela, du Saukerl, geh weg. Lass mich, greif mich ja nicht an. Tachuela, du bist pervers, vögelst mit Mama, und dann willst du's mit mir machen! Lass mich in Ruhe, verdammt noch mal, ich bin eine Jungfrau! Hau ab! Komm mir nicht zu nahe! Cundo ist mein Papi. Tachuela, du Hurensohn …"

„Vielleicht bringt es etwas, diesen Tachuela zu suchen. Kann sein, dass der etwas weiß", meinte César.

„Da müsstest du schon eine Exhumierung beantragen. Er ist vor fünf Jahren gestorben", sagte ich. Dann kniete ich mich neben Blanquita.

Ich holte eine Zigarette aus der Tasche, zündete sie an und steckte sie ihr zwischen die Finger. Sie rauchte einige Minuten lang. Nur mit Mühe konnte sie die Zigarette zum Mund führen. Sie zog daran und stieß den Rauch langsam aus. Sie betrachtete mich mit verwunderten Augen und versuchte mich zu erkennen. Auch ich sah sie an und suchte in diesem menschlichen Wrack das Mädchen, mit dem ich zum ersten Mal im Leben Sex gehabt hatte.

„Wie fühlst du dich?", fragte ich sie.

Sie stammelte etwas vor sich hin, aber ihre Worte gingen in einem Hustenanfall unter. Ich strich ihr so lange mit der Hand über den Rücken, bis sie sich wieder beruhigte.

„Fühlst du dich besser?"

„Ich fühle nichts, Leo. Ich fühle gar nichts", brachte sie gerade noch heraus. Und ihre Stimme klang wie die eines kleinen Mädchens, das sich für einen Fehler schämt.

Still rauchte Blanquita ihre Zigarette zu Ende. Als die Kippe ihre Fingerspitzen zu verbrennen drohte, nahm ich sie ihr aus der Hand und drückte sie am Boden aus.

Ich verließ das Zimmer, ohne etwas zu sagen.

César folgte mir.

„Glaubst du, dass ihre Tochter weiß, wo Pepe la Vaca steckt?“, fragte er mich.

„Pepe la Vaca hat niemanden umgebracht“, erwiderte ich, während ich mir eine Tasse Kaffee einschenkte.

Ich sagte es so, als ob es völlig belanglos wäre. Um ihn langsam weich zu machen. Ohne ihn davon überzeugen zu wollen.

„Der Typ war letzte Nacht im Zimmer des Alten und jetzt ist er nirgends zu finden. Ist das nicht Beweis genug?“

„César, heute Morgen habe ich dir versprochen, dir bei der Lösung des Falles so gut wie möglich zu helfen. Dafür gibt es drei Gründe: weil es meine Arbeit ist, weil du mein Freund bist und weil der Mann, den man umgebracht hat, sehr wichtig für mich war. Mir liegt viel mehr als dir daran, den Typen, der Cundo umgebracht hat, hinter Gitter zu bringen. Deshalb sag ich dir das eine: Setz nicht aufs falsche Pferd. Lass Pepe la Vaca in Ruhe. Er ist nicht der Mörder, dafür lege ich meine Hand ins Feuer.“

Ich goss mir noch einen Kaffee ein. Ich setzte eine ernste Miene auf, die ernsteste, die ich draufhatte. César muss man in solchen Fällen immer mit sehr viel Ernsthaftigkeit kommen, damit er auf einen hört. César ist viel zu ernst.

„Die Angelegenheit ist nicht so einfach, wie du denkst", erklärte ich ihm. „Irgendetwas stimmt hier nicht und diese kleine Nutte, die ich dir gebracht habe, weiß wahrscheinlich was. Auch sie hat sich versteckt. Sie hat Angst. Es gibt also mehr als nur einen, der Angst hat. Pepe la Vaca taucht nicht auf, weil auch er Angst hat. Und ich bin mir sicher, er hat nicht Angst davor, sich zu stellen, sondern davor, andere Leute in die Sache reinzuziehen."

„Was erzählst du da für Märchen, Leo?"

„Knöpf dir die kleine Nutte vor. Wenn sie auspackt, wirst du schon sehen."

„Ich werde mir diesen Pepe la Vaca schnappen, das ist unser Mann."

„Setz nicht aufs falsche Pferd", sagte ich noch einmal.

Er antwortete mir mit einer obszönen Geste.

Ich ging hinaus und dachte an meinen Kumpel Pepe. Ein Mann, der immer ein „echter Kerl" gewesen war – wie Manolito el Buty sagen würde.

Den Spitznamen La Vaca, die Kuh, hatte er bekommen, weil er der Dicke in unserer Clique war.

Pepe ist der lebende Beweis dafür, dass man im Viertel auch ohne zu essen fett werden kann. Man muss nur lernen, statt zu essen Zuckerwasser zu trinken. Und zwar jeweils einen Krug morgens, mittags und abends. Und dann noch einen vor dem Schlafengehen.

Pepe war schlecht im Baseball, im Murmelspielen und im Kreiseldrehen, aber das machte er durch andere Fähigkeiten wett.

Pepe war nicht wie Luisito el Rubio, der nur mitspielen durfte, wenn er uns seine Handschuhe, Schläger und Bälle lieh, und der nur deshalb bei den Murmel- und Kreiselspielen mitmachen durfte, weil wir ihm dann seine Murmeln abknöpfen konnten. Oder seinen Kreisel, der immer schön gedrechselt und sogar lackiert war.

Danach sahen wir zu, wie er heulend abzog, um am nächsten Tag mit einer Stofftasche voll nagelneuer Murmeln zurückzukommen, die er sich dann wieder klauen ließ.

Pepe hatte sich seinen Platz in der Clique von frühester Kindheit an erkämpft, weil er immer wieder bewies, dass er etwas draufhatte. Pepe hatte kein Talent für unsere Ballspiele, aber keiner war flinker als er, das Dickerchen, wenn es darum ging, José, dem Chinesen, aus dem Laden die Postkarten zu klauen, oder Mano, dem Obstverkäufer, eine Mango zu stibitzen. Oder in der Nacht auf der Plaza Vidal Vögel zu fangen.

Pepe war der Einzige, der vor der Hexe Emilita keine Angst hatte.

Wenn der Ball in Emilitas Hof landete, war Pepe der

Einzige, der es wagte, über die Mauer zu springen, um ein paar Minuten später mit ihm zurückzukommen.

Eines Tages blieb Pepe ein wenig länger aus als üblich. Als er zurückkam, erzählte er, dass der Ball dieses Mal bis ins Haus gerollt war und er hineingehen musste, um ihn zu holen. Er erzählte, dass er gesehen hatte, wie die Hexe Emilita nackt vor einem Changó-Altar stand und Gebete in afrikanischer Sprache vor sich hin murmelte.

Er berichtete uns, dass das Haus voll von beißendem Rauch war, dass an den Wänden blutverschmierte Messer und Masken mit bunten Ketten hingen und auf dem Boden tote Tiere herumlagen: Hühner, Tauben, sogar ein Ziegenbock. Und in der Mitte des Zimmers lag ein Haufen menschlicher Knochen.

Wir machten uns vor Angst fast in die Hosen, als wir Pepe zuhörten, doch er erzählte das alles mit lachendem Gesicht. Damals sagte Manolito el Buty: „Unser Dickerchen ist ein echter Draufgänger."

Pepe la Vaca lebte bei seiner Großmutter, er hatte weder Vater noch Mutter, aber das hat im Viertel nicht viel zu bedeuten. Er brach die Schule nach der sechsten Klasse ab und auch das hat niemanden besonders gestört.

Den Militärdienst leisteten wir alle mehr oder weniger zur gleichen Zeit ab. Wir waren alle in Angola. Pepe la Vaca war der Erste, der ging, obwohl er der Jüngste von uns allen war.

El Puchy wurde nach Huambo geschickt.

El Buty kämpfte in Cuito Cuanavale.

Pepe wurde im Norden stationiert, in Punta Negra, an der Grenze zum Kongo.

Genau wie ich.

Pepe konnte mit Hilfe von einigen Packungen Zigaretten, mehreren Flaschen Rum und ein paar Kwanza-Scheinen einen Offizier davon überzeugen, uns in die gleiche Einheit zu versetzen.

Das war vielleicht was, als ich ankam. Pepe schrie: „He, Leute, damit ihr es alle wisst, das hier ist mein Bruder!" Er ließ die Flasche Havana Club herumgehen, die mir seine Großmutter für ihn mitgegeben hatte, damit alle Kumpel einen Schluck daraus nehmen konnten.

„Wo zum Teufel hat Petra die denn aufgetrieben?"

„Die Leute haben zusammengelegt, um dir ein paar Kleinigkeiten schicken zu können."

Die Situation in Angola kommentierte Pepe mit einem einzigen Satz: „Der Krieg ist beschissen", sagte er, „die Dienstvorschriften sind beschissener und der Leutnant ist noch beschissener als die Vorschriften."

Und genau dieser beschissene Leutnant war es, der Pepe das Leben zur Hölle machte.

In Punta Negra hatten sie Pepe einen neuen Namen gegeben, sie nannten ihn Pepe la Rata.

Niemand hat je erfahren, wie er es immer wieder schaffte, in das Magazin zu gelangen, aber in der Kaserne gab es jeden Abend ein Gelage mit Rum, Zigaretten, einigen Büchsen Vanderlan – einem holländischen Dosenfleisch, das eigentlich keiner mochte und dennoch jeder mit großem Appetit verschlang – und Kondensmilch, um das Frühstück aufzubessern.

Auch der Leutnant wusste, was ohnehin jeder wusste, nämlich dass Pepe für die Fehlbestände verantwortlich war. Aber er erwischte ihn nie.

Deshalb hatte er es auf den Dicken abgesehen.

An einem Montag schickte er ihn los, angeblich, um einen Auftrag zu erledigen. Wir alle wussten, dass das ein abgekartetes Spiel war, aber keiner wusste, worum es ging.

Jiguaní lieh ihm sein Pornoheft. Ich steckte ein paar Dosen Kondensmilch in seinen Rucksack. Pepe verschwand in einem olivgrünen Jeep. Die Savanne hatte ihn schon bald verschluckt.

Am nächsten Tag kam der Jeep zurück und der Fahrer, ein eingebildeter Feldwebel, wollte nichts sagen. Er schwieg drei Tage lang. Am Donnerstag wurde die Sache brenzlig. Der Leutnant meinte nur, es sei ein sehr wichtiger Auftrag, aber der Feldwebel ließ sich breitschlagen und gestand, dass er Pepe mitten in der Wüste abgesetzt hatte. Er müsse dort ein Betonrohr bewachen.

Daraufhin war der Teufel los. Wir beriefen eine Versammlung der Partei und der Kommunistischen Jugend ein und bezichtigten den Leutnant des Amtsmissbrauchs. Der Leutnant selbst musste Pepe holen.

Davon erzählt Pepe heute noch, wenn er betrunken ist: „Alles wird gelb, wenn die Sonne auf den Wüstensand scheint. Es gibt ein Dorf in der Nähe, ungefähr einen halben Kilometer entfernt, und auch das färbt sich gelb, als ob die Strohdächer brennen würden. Schon um acht Uhr morgens beginnt der Sand in der Sonne zu glänzen. Um zwölf kommst du dir vor wie in einem Backofen, in der Nacht ist es arschkalt. Die Sonne geht mit einem Mal unter, als ob sie in ein Loch am Horizont fallen würde. Eines Tages tauchte ein schwarzes Mädchen aus dem Dorf auf. Es war am dritten Tag und ich dachte, ich würde es nicht mehr länger aushalten. Ich hielt sie für eine Fata Morgana. Sie füllte meine Feldflasche mit Wasser und gab mir zu trinken. Danach bat sie mich um ein paar Sardinendosen. Ich verstand sie nicht und sie streifte sich ihr Wickeltuch vom Körper und legte es auf den Boden. Sie stand nackt vor mir. Sie berührte sich zwischen den Beinen und bat mich noch einmal: ‚Sardinha!' Dann legte sie sich mit gespreizten Beinen auf das Tuch. Sie war ein Kind und hatte noch fast keine Schamhaare. Ich brachte es nicht übers Herz sie anzufassen, gab ihr eine Dose Gemüse und schickte sie weg. ‚Kubaner guter Kolonialist', sagte sie, bevor sie ging. Ein anderes Mal kam eine Frau und bat mich um Milch für ihr Kind. Sie dürfte nicht sehr alt gewesen sein, aber sie war spindeldürr. Ihr Busen war ausgetrocknet und verschrumpelt. Als sie dem Kind die Brust gab, sah ich, dass es tot war, weil es nicht saugte. Sie bemerkte das gar nicht. Sie bat mich noch einmal um Milch für ihr Kind, aber mir waren die Konservendosen schon ausgegangen.

Letztendlich gerettet hat mich dieser Typ von den ‚Streitkräften zur Befreiung Angolas' mit seiner Flasche Calambuco. Er hätte sie wohl gegen alles eingetauscht. Ich gab ihm meine Stiefel und setzte zum Trinken an. Er sah mich mit den Augen eines Verrückten an. In diesem Augenblick wurde mir klar, dass ich es war, der verrückt wurde. Ich hatte den Wunsch, ihn zu erschießen, keine Ahnung warum. Ich wollte ihn abknallen, konnte mich aber noch einmal zurückhalten.

Als der Leutnant im Jeep auftauchte, hatte ich gerade den letzten Schluck getrunken. Dieser letzte Schluck rettete auch dem Leutnant das Leben, weil ich vom Calambuco weder scharf zielen noch sicher schießen konnte. Die Schüsse gingen in die Luft. Ich hatte dem Riesenarschloch auf den Kopf gezielt."

Pepe kam betrunken zurück in die Kaserne. Der Leutnant war stinksauer und stieß lauthals Drohungen aus. Pepe brachte man vors Militärgericht, aber es lief alles gut, weil man ihn für unzurechnungsfähig erklärte.

Der Leutnant wurde einige Zeit später entlassen.

Pepe la Vaca war immer schon ein Mordskerl gewesen. Er hätte es fertig gebracht, den Leutnant umzubringen. Vielleicht hätte er auch hundert Männer im Krieg getötet, aber niemals den alten Cundo. Der alte Cundo war wie ein Vater für ihn gewesen.

Pepe war nicht Cundos Mörder. Ich wusste das, genauso wie ich wusste, dass er sich schon längst gestellt hätte, wenn er es gewesen wäre. Den Mut dazu hatte er.

Meine Gedanken drehten sich immer noch um Pepe la Vaca, als ich im Viertel ankam. Ich überquerte gerade die Carretera Central, als ich sah, wie Banguela von Mena und Redondo ins Polizeiauto verfrachtet wurde.

Banguela ist einer der vielen saufenden Schuhputzer – oder einer der Schuhe putzenden Säufer –, die in der Umgebung des Busbahnhofs arbeiten.

Manchmal passt Banguela, völlig zerlumpt und stinkend, auf den Platz von El Rey del Brillo auf, wenn der Mittag essen geht oder andere Dinge erledigt. Das nutzt Banguela dazu, ein, zwei Kunden zu bedienen, um sich das nötige Kleingeld für einen Schluck Alkohol zu verdienen. Danach versandet er betrunken in einer Ecke des Bahnhofs.

Der schwarze Banguela lächelte zufrieden, während Redondo und Nena ihn zum Wagen zerrten. Heute würde er vielleicht auf dem Revier essen und das war ein richtiges Ereignis. Ich beobachtete sie dabei, hielt mich aber raus. Ich wollte dem armen Schwarzen das Festessen nicht verderben.

Wie ich es mir vorgenommen hatte, ging ich direkt zu El Puchy nach Hause.

Nieves öffnete mir die Tür. Ihre Schürze war am Bauch ganz nass. Am Träger hatte sie ein paar Wäscheklammern befestigt. Ihr Gesicht war voll Schweißperlen.

„Schau, wie ich aussehe. Heute ist Waschtag. Ich plage mich gerade mit einem Riesenberg Wäsche von den Kleinen."

„Und El Puchy?"

„Komm rein, er ist in der Küche. Er repariert gerade die Herdplatte."

Es war Samstag.

Für mich ist ein Tag wie der andere. Nur manchmal macht eine Kleinigkeit aus einem Tag etwas Besonderes.

Es war Samstag. Der Tag, an dem Nieves immer die Kleidung der Kinder wäscht und El Puchy im Haus herumwerkelt.

Samstag ist für jeden ein besonderer Tag. Für mich ein Tag wie jeder andere, nur dass sich dieser eine Samstag von den anderen durch ein Ereignis unterschied: durch Cundos Tod.

El Puchy saß auf einem Hocker. Mit einer Drahtbürste putzte er eine der Herdplatten. El Nene, der Kleinste von El Puchy und Nieves, verschlang am Tisch sein Mittagessen.

„Dieser Herd ist schrottreif. Zum Glück hat uns meine Schwiegermutter ein bisschen Maisbrei und ein paar Spiegeleier fürs Mittagessen gebracht."

Anstatt den Maisbrei zu essen, beschmierte sich der Kleine damit von Kopf bis Fuß.

„Warst du noch nicht beim Bestattungsunternehmen?"

„Ich geh am Nachmittag zur Beerdigung. Wenn ich das hier nicht jetzt repariere, gibt es in diesem Haus heute Abend kein warmes Essen."

El Puchy wischte sich mit der rußverschmierten Hand den Schweiß von der Stirn.

„Ich musste heute schon den Keilriemen der Waschmaschine reparieren, sonst hätte Nieves gar nicht waschen können. Diese Kiste gibt langsam den Geist auf. Es ist ein endloser Kampf, Leo!"

„Wie läuft's bei der Arbeit?"

„Gut."

El Puchy hatte einige Jahre lang keinen Job gehabt. In dieser Zeit tauschte er in den Dörfern alte Kleidung gegen Nahrungsmittel ein und verkaufte diese dann im Viertel.

Es ging ihm damals nicht schlecht. Er sicherte so den Unterhalt seiner Familie und konnte sich noch ein paar Pesos dazuverdienen. Dann aber gab es plötzlich ein neues Sozialprogramm, um die Leute von der Straße wegzuholen. Von da an musste er für den Staat arbeiten.

Ich war es, der ihn rechtzeitig warnte und ihm eine Stelle als Nachtwächter in einer Konservenfabrik verschaffte.

Dadurch kam El Puchy nicht mit dem Gesetz in Konflikt. Er versorgt das Viertel seither mit Konserven und schlägt sich so durch. Das weiß sogar ich.

„Gibt's nichts zu trinken?"

Er deutete auf einen Plastikbecher, der auf dem Kühlschrank stand und fast bis zum Rand mit der üblichen Mischung aus Alkohol und Wasser gefüllt war.

„Schmeckt's?"

„Ja", antwortete ich, während mir der Hals von dem Gesöff noch brannte. „Ist der von Frank la Puerca?"

„So was fragt man nicht, Herr Kommissar. Und schon gar nicht, wenn man in Uniform ist."

El Puchy sah es nicht gern, wenn ich ihn in Uniform besuchen kam.

„Was gibt's Neues im Fall Cundo?", fragte er mich, während er die Bürste weglegte, um sich mit einem Tuch die Hände zu putzen, mit dem er danach El Nene das Gesicht abwischte. Der Kleine wehrte sich heftig und fuchtelte mit seinem Löffel herum.

„Immer noch nichts. Pepe la Vaca steht unter Verdacht."

„Wie?!"

„Du hast schon richtig gehört. Jemand will ihm diese Sache anhängen. Pepe ist verschwunden."

„Aber du weißt doch, dass Pepe das nicht getan haben kann, Leo. Pepe hat den Alten geliebt wie seinen eigenen Vater. Du kennst Pepe und …"

„Puchy", unterbrach ich ihn, „ich kenne Pepe, du

kennst Pepe, Nieves, El Jabao, Luisa, Manolito el Buty … einfach alle in diesem Viertel kennen Pepe. Aber die Polizisten kennen Pepe nicht. Der Ermittler und der Untersuchungsrichter kennen Pepe nicht. Die Staatsanwälte, Richter und Anwälte in Santa Clara kennen Pepe nicht. Verstehst du mich?“

El Puchy sah mich besorgt an und senkte den Kopf.

„Dem muss man doch helfen“, sagte er leise.

„Du musst mir helfen“, erwiderte ich.

Ruckartig hob er den Kopf. Er fixierte mich mit einem Ausdruck von Staunen, Verwunderung und Misstrauen.

„Woran denkst du?“

Ich fühlte mich unbehaglich.

El Nene warf den Löffel auf den Boden, nahm eine Hand voll Maisbrei und schmierte ihn sich in sein kleines, verrotztes Gesicht.

„Pepe hat Cundo nicht umgebracht, aber er ist auf der Flucht. Und wenn jemand flieht, dann gibt es einen Grund dafür. Ich kann mir schon vorstellen, wo er sich versteckt, und du kannst es dir auch denken. Ich könnte ihn jetzt gleich suchen gehen, aber das würde den Fall auch nicht lösen. Wenn ich als Freund zu ihm gehe, wird er nicht reden, das weißt du so gut wie ich. Wenn ich als Polizist zu ihm komme, bringt das noch weniger. Ich möchte Pepe helfen. Du auch. Puchy, ich muss alles über ihn wissen. Dinge, die er mir nie erzählen würde: Geschäfte, Probleme, Schulden, Affären, Verpflichtungen. Jeden Schlamassel, in dem er stecken könnte. Darum bin ich hergekommen. Weil du etwas weißt und weil du mir das sagen musst."

El Nene wollte mehr Brei und schlug zweimal mit dem Aluteller auf den Tisch. El Puchy senkte wieder nachdenklich den Kopf.

„Nieves!", schrie er nach ein paar Sekunden, „nimm bitte den Kleinen, tu mir den Gefallen!"

Wir spürten beide die Spannung, die sich im Raum ausbreitete. Nieves kam mit zusammengekniffenem Mund herein und trocknete sich die Hände an ihrer Schürze. Sie nahm das Kind auf den Arm und verschwand.

El Puchy redet nur ungern. Anstatt zu diskutieren, lässt er lieber die Fäuste sprechen.

In der Schule nannten wir ihn Puchy den Schweigsamen.

Er schaute mich noch einmal eine Weile an. Er musterte mich. Er wusste etwas und das wollte er mir auch sagen, aber er wusste nicht wie. Schließlich sagte er: „Leo, wir sind jetzt schon seit Ewigkeiten Freunde. Du vertraust mir und ich vertraue dir. Jeder in unserer Clique vertraut dir, aber du bist Polizist. Ich bin Geschäftsmann, Pepe ein Säufer, der auf der Straße lebt, Manolito el Buty ist Parteifunktionär und du bist Polizist. Fällt dir etwas auf? Jeder einzelne von uns lebt sein Leben auf seine Weise. Das Viertel ist ein Ungeheuer, mein Freund. Hier passieren viele Dinge, über die außer dir jeder Bescheid weiß. Es sind dieselben Dinge, die immer schon passiert sind, schon vor deiner Zeit als Polizist. Verstehst du? In diesem Viertel passiert jeden Tag alles Mögliche. Und wenn du einmal einen Mistkerl festnimmst, der ein Pferd geschlachtet hat, um das Fleisch zu verkaufen, glaubst du, dass damit der Schwarzhandel mit Fleisch im Viertel ein Ende hat. Aber hier wird jeden Tag alles verkauft, ohne dass du es weißt, sogar Känguruﬂeisch. Du kannst es auch nicht wissen. Wenn sich einige Leute in diesem Viertel auch nur vorstellen, dass ich das hier mit dir bespreche, muss ich mindestens bis nach China abhauen. Die bringen mich um, Leo. Genauso wie sie Cundo umgebracht haben, werden sie mich umbringen. Und wenn sie mich nicht umbringen, werde ich mit Nieves und meinen Kleinen hier verhungern. Verstehst du? Du kannst zum Beispiel nicht wissen, woher verdammt noch mal dieses Ei kommt, das der Kleine gerade gegessen hat."

El Puchy trank den letzten Schluck Alkohol aus dem Becher.

„Ich werde mein Leben aufs Spiel setzen. Und damit das Leben meiner Kinder, das noch viel wichtiger ist. Ich werde das für Pepe la Vaca tun, weil er wie ein Bruder für uns ist. Ich werde es auch für Cundo tun, der ein toller Kerl war. Aber denk dran, das, was ich dir jetzt sage, hast du nicht von mir."

Er nahm den Becher, schenkte sich Alkohol nach und nahm wieder einen großen Schluck. Er holte tief Luft und legte los: „Chago el Buey macht Geschäfte mit La Bolita. Er hat eine Art Wettbüro. Er kassiert Einsätze im ganzen Viertel. Pepe arbeitet für Chago, sammelt die Wettscheine und das Geld für ihn ein. Er ist es auch, der die Gewinne auszahlt, wenn die Nummer gezogen wird. Er arbeitet auch sonst manchmal für Chago."

Der wichtigste Zeitvertreib in Kuba ist die nationale Baseball-Liga.

Der wichtigste Zeitvertreib im Viertel ist La Bolita.

La Bolita ist eine Lotterie, bei der die gleiche Zahl gewinnt wie bei der Lotterie in Miami. Der Sieger gewinnt das Sechzigfache seines Einsatzes.

La Bolita ist wie jede Lotterie ein gutes Geschäft für viele. Das Büro gewinnt in jedem Fall.

Daneben ermöglicht La Bolita Schwarzarbeit und bringt das Geld im Viertel in Umlauf.

La Bolita wurde nach dem Sieg der Revolution – genauso wie Prostitution, Arbeitslosigkeit, Drogen und Korruption – durch eine Verordnung verboten, verbreitete sich jedoch in der Período Especial nach dem Zerfall der Sowjetunion mit umso größerem Erfolg.

„Pepe arbeitet also als Buchmacher für Chago el Buey!"

„Und jetzt verschwinde, Leo Martín. Hau ab und lass dich in Uniform hier nie wieder blicken."

Es war Mittag, als ich El Puchys Haus verließ. Ich hatte Hunger und ging nach Hause. Fela war gerade dabei, das Mittagessen zuzubereiten. Als ich sie ansah, bemerkte ich wieder die Angst in ihren Augen. Doch es war nicht die übliche Angst, die ich an ihr kannte. Sie sah mich an, als ob sie sich auf frischer Tat ertappt fühlte. Nervös stellte sie den Teller mit kochend heißem Maisbrei und einem frisch gebratenen Spiegelei vor mich hin.

Ich wollte sie lieber nicht fragen, woher sie die Eier hatte.

Der lange Abschied

Während des Mittagessens sprachen wir kaum miteinander. Fela hatte zum Maisbrei eine leckere Tomatensauce mit Hackfleisch gekocht. Zusammen mit dem Spiegelei war das ein exklusives Essen.

Schweigen und dazu eine Portion Angst – das war der Preis, den meine Mutter bezahlen musste, um mir eine anständige Mahlzeit servieren zu können.

Als ich fertig gegessen hatte, ging ich ins Bad und Fela begann das Geschirr zu spülen, ohne ein Wort zu sagen.

Um drei Uhr nachmittags verließ ich das Haus und ging in Richtung Bestattungsunternehmen.

Ich machte einen Umweg, weil ich am Haus von Chago el Buey vorbeigehen wollte.

Chago saß in einem Armsessel im Hauseingang.

Chago sah aus, als ob er gerade geduscht hätte: frisch und eingecremt, in riesengroßen Bermudas. Zwei dicke Goldketten mit Anhänger glänzten auf seiner Brust. Jeder der Anhänger zeigte ein Bild der heiligen Barbara.

Chago el Buey streckte seine nackte Wampe heraus und hatte seine riesigen Füße auf eine kleine Bank gelegt. In seinem Mund steckte eine dicke Zigarre.

Er grüßte mit einem Kopfnicken. Unwillig erwiderte ich seinen Gruß und ging weiter.

Vor dem Sieg der Revolution war Chago el Buey Besitzer einer Lederwarenhandlung gewesen.

Im Viertel erzählte man sich über ihn eine Geschichte wie aus einem Krimi von Agatha Christie: In den Fünfzigerjahren machte sich der junge Chago nach Camagüey auf, mit dem festen Vorsatz, viel Geld zu verdienen – egal wie. Aber Zuckerrohr schneiden, wie es die meisten Jugendlichen in Camagüey machten, wollte er dafür nicht.

Er wollte nicht so ein Versager werden wie sein Vater, noch so ein Hungerleider aus dem Viertel, der nichts dagegen hatte, dass seine Frau, die Mutter von Chago, anschaffen ging, nur um etwas zu essen und zu saufen zu haben. Angeblich hatte Chago sofort Arbeit in einem bekannten Betrieb gefunden und innerhalb kürzester Zeit das Vertrauen des Chefs gewonnen. Bis dieser eines Tages dazukam, wie Chago nach Ladenschluss hinter dem Verkaufstisch seine Tochter bestieg.

Es wird gemunkelt, dass das eigentlich keine Überraschung war, weil Chago selbst es so inszeniert hatte. Bald darauf heiratete Chago die Kleine und einige Monate später starb der Alte an einem Herzinfarkt.

Ein Jahr später kam Chago nach Santa Clara zurück, nachdem seine Frau bei einem Unfall gestorben war. „Was für ein Glück dieser Kerl doch hat!“, lästerten die Leute.

Chago hatte das Geschäft in Camagüey verkauft, um in seinem Heimatort zu investieren. Er kaufte dem Besitzer einer großen Lederwarenhandlung in der Calle Independencia, in der sich die wichtigsten Geschäfte der Stadt befanden, die Hälfte der Anteile ab.

Das war 1957, sagt Ambrosio, der mir all diese Geschichten erzählte.

Ambrosio sagt auch, Chagos Vater wäre damals schon längst aus dem Viertel verschwunden gewesen. Man hat nie wieder etwas von ihm gehört.

Die Mutter arbeitete als Putzfrau in einer Hafenkneipe und angeblich schickte Chago ihr hin und wieder ein paar Pesos, bis man sie eines schönen Tages im Dezember erfroren auf der Straße fand. Sie war schwindsüchtig.

Chago, der ein ausschweifendes Leben als Zuhälter, Säufer und Stammgast bei den Huren führte, ließ sich im Viertel nicht mehr blicken, bis 1964 im Zuge der Revolution sein Lederwarengeschäft verstaatlicht wurde. Damals kam er wieder zurück und begann als Schuhmacher zu arbeiten. Er nistete sich im Haus von Tanganica ein. Der stämmige Schwarze hatte für ihn in den Jahren zuvor als Leibwächter und Schläger gearbeitet und war gerade festgenommen worden, weil er bei einer Schlägerei einen Kerl mit einem Fausthieb umgebracht hatte.

Tanganicas Haus war eigentlich nur ein Teil einer alten Baracke, welche die Spanier im Krieg gegen Ende des neunzehnten Jahrhunderts als Pferdestall genutzt hatten und in der jetzt mehr als dreißig Schwarze wohnten, die alle irgendwie miteinander verwandt waren.

Anfangs war Chagos Zimmer Werkstatt, Lager und Schlafzimmer in einem, aber nach und nach verteilten sich die Bewohner der Baracke im ganzen Viertel und Chago hatte das ganze Haus für sich allein.

Er heiratete Iselda, eine atemberaubende Frau um die vierzig mit einem knackigen Hintern. Iselda war eine Hure gewesen, sie war aber auch bekannt dafür, dass sie fleißig und eine gute Geschäftsfrau war.

In den Sechzigerjahren konnten die Leute sich nicht einmal Schuhe leisten.

Ich kann mich daran erinnern, dass das Comité einmal Schuhe ausgab, damit wir Kinder anständig gekleidet in die Schule gehen konnten.

Chagos Schuhe wurden in ganz Santa Clara verkauft: Plastikmokassins, billige Sandalen, Stiefel aus Polyethylen. Er investierte das Geld auch in alle illegalen Geschäfte, die man sich nur vorstellen kann: Er handelte mit edlen Süßigkeiten, mit Alkohol für die Rumherstellung, mit Binden, Seifen, Reis, Bohnen, Schweine- und sogar Rindfleisch und mit all den Sachen, die für gewöhnlich knapp sind, wenn ein Land in einer Krise steckt.

Die Polizei beschattete ihn, aber jedes Mal, wenn sie ihn filzte, war er sauber.

Man konnte ihm nie etwas nachweisen.

Nur ein einziges Mal fanden sie ein Paket Rindfleisch

in seinem Kühlschrank. Das war während einer groß angelegten Razzia im gesamten Viertel, bei der viele Leute festgenommen wurden. Die Erste, die sie schnappten, war Petra Lenguaetrapo, die in ihrer Tasche zwanzig Pfund fein säuberlich abgepacktes Fleisch mit sich herumtrug. Man musste sie nicht sehr unter Druck setzen, damit sie mit der Sprache rausrückte und Felipe la Culona verpfiff, der diese Aktion durchgeführt hatte.

Chago war an diesen Geschäften nie direkt beteiligt. Er stellte nur das Geld zur Verfügung.

Felipe, der längst nicht so hartgesotten war, wie er selbst immer von sich behauptete, zog den Schwanz ein und verpfiff Chago.

Als die Polizei das Fleisch in Chagos Haus fand, glaubten sie, ihn endlich hinter Gitter bringen zu können, aber Iselda sagte aus, ihr Mann habe mit alldem nichts zu tun und es sei ganz allein ihre Angelegenheit.

Iselda nahm die Schuld auf sich und saß die fünf Jahre im Knast ab, die man damals für dieses Verbrechen bekam, während Chago in aller Ruhe weiter seinen Geschäften nachging.

Felipe brachte die Geschichte zehn Jahre Gefängnis ein. Dort bekam er auch seinen Spitznamen La Culona, der Superhintern.

Es heißt, Tanganica habe ihn zur Strafe dafür, dass er seinen Paten Chago verraten hatte, im Bad vor allen anderen Häftlingen durchgevögelt. Zehn Jahre lang wusch Felipe für Tanganica die Unterhosen und erfüllte die

Wünsche aller Schwulen. Angeblich fiel es ihm nicht mal schwer, Spaß daran zu haben.

Chago el Buey gilt heute als der Boss des Viertels. Niemand weiß, wie viel Geld er hat und wo er es versteckt. Die alte Baracke aus dem Krieg gegen Spanien ist mittlerweile ein komfortables Haus mit einem eingezäunten Garten. An der Vorderseite des Hauses befindet sich der Haupteingang und seitlich eine Tür zur Werkstatt, wo Santiago Triana als Schuster ehrlich sein Geld verdient, so wie alle anderen vierundzwanzig Schuhmacher, die in Santa Clara Steuern zahlen, um ihr Gewerbe unter dem Schutz des Gesetzes auszuüben.

Bei jedem Geschäft, das im Viertel abgewickelt wird, hat Chago el Buey in irgendeiner Weise seine Finger im Spiel.

Chago hat seine Leute von sich abhängig gemacht und er hat sie genau unter Kontrolle. Wenn einer sich was zu Schulden kommen lässt, weiß er, wie er ihn loswerden kann. Felipe la Culona, der sich, von seiner Familie verstoßen und ohne einen Peso in der Tasche, am Busbahnhof herumtreibt, um immer wieder einmal in irgendeiner dunklen Ecke einem Schwulen an den Schwanz zu fassen, ist das beste Beispiel dafür, dass mit Chago und seinen Leuten nicht zu spaßen ist.

Chago el Buey ist der größte Hurensohn, der je im Viertel gelebt hat.

Als ich auf dem Weg zum Bestattungsunternehmen war, saß dieser Typ nun völlig gelassen in seinem Hauseingang, eingehüllt in den Rauch seiner Zigarre.

Cundo aber lag in einem Sarg aus Pinienholz.

Pepe la Vaca hatte sich versteckt und wurde verdächtigt, den Alten ermordet zu haben.

Und ich war immer mehr davon überzeugt, dass Chago el Buey irgendwie an dieser Sache beteiligt war.

Ich ging an ihm vorbei und schwor mir: Sollte dieser Arsch auch nur das Geringste mit dem Mord an Cundo zu tun haben, würde er dafür büßen. Und diesmal würde Iselda mit Sicherheit nicht den Sündenbock für ihn spielen.

Das Begräbnis fing pünktlich an. Es war reine Routine, den Sarg in den Wagen zu schieben.

Wir waren ungefähr zwanzig Leute. Niemand schrie wie auf anderen Beerdigungen: „Nehmt ihn mir nicht weg! Lasst mich mit ihm gehen!“

„Er war wirklich ein feiner Kerl“, flüsterte mir El Puchy zu und klopfte mir auf die Schulter.

Der Trauerzug setzte sich in Richtung Friedhof in Bewegung, allerdings nicht so langsam wie bei anderen Beerdigungen. Ganz vorne gingen El General, Bola de Queso und El Rey del Brillo. Hinter ihnen El Moro, El Jabao, El Puchy und ich. Ganz hinten Mario, in Vertretung des Comités zur Verteidigung der Revolution, und eine Hand voll von denen, die es sich mit den Toten nicht verscherzen wollen. Sie unterhielten sich über alles Mögliche. Über die erst vor kurzem durchgeführte Legalisierung des Dollars, über die Baseballspieler, die nach dem letzten Spiel der Nationalmannschaft in den USA geblieben waren, darüber, wie groß La Cuquis Hintern geworden war, und über den glücklichen Umstand, dass Cundo im Februar und nicht im August umgebracht worden war, weil „es jetzt am Nachmittag kühler ist und man sich auf dem Weg zum Friedhof nicht das Hemd nass schwitzt."

Die Brücke der Guten Seelen liegt nur einen Steinwurf vom Friedhof entfernt. Sie heißt so, weil sich früher die Trauergemeinde dort von den Toten mit einer Rede verabschiedete. Jetzt interessiert sich fast niemand mehr für so unwichtige Sachen wie die Grabrede für ein Familienmitglied. Schon gar nicht im Fall von Cundo, denn der hatte gar keine Familie, die für ihn feierliche Abschiedsworte finden konnte, wie man sie von anderen Beerdigungen kennt.

Wir gingen gerade über die Brücke der Guten Seelen, als El Rey del Brillo langsamer wurde, um auf mich zu warten. Er legte seinen Arm um meine Schulter und flüsterte mir mit rauer Stimme ins Ohr: „Man munkelt, Pedro Pechoemulo sei gestern Abend dort gewesen."

Obwohl El Rey del Brillo nicht einer vom Club de los Tarruces war, trank er doch mit ihnen Calambuco. Er gehörte zwar nicht direkt zu meinen Informanten – noch nicht –, aber wenn ich irgendwelche Informationen brauchte, bekam ich sie von ihm. Ich glaube, er war eigentlich kein Schuhputzer, aber er lebte trotzdem davon, den Leuten Schuhcreme auf die Schuhe zu schmieren.

Vor einem Jahr hatte Cundo noch auf dem Friedhof gearbeitet. Als der Trauerzug dort ankam, standen der Verwalter und seine Mitarbeiter am Eingang Spalier.

Der Wagen blieb stehen und ein Mädchen mit verfaulten Zähnen und einer roten Schleife im hochgesteckten Haar zog ein Blatt Papier aus ihrem Ausschnitt. Stockend las sie im Namen der Kommunalen Arbeitergewerkschaft eine kurze Rede vor, in der Cundo als Mustersozialist gelobt wurde, der während seiner Zeit beim Wachdienst stets seinen Gewerkschaftsbeitrag bezahlt hatte.

Als der Sarg aus dem Wagen gehoben wurde, kam der Verwalter zu mir und sagte: „So ist das Leben! Mit Cundo haben wir die Beerdigungsquote zehn Tage vor Monatsende erreicht. Es stimmt wirklich, wenn man sagt, dass man sogar noch nach dem Tod der Revolution dient."

Cundo wäre diese Beerdigungsquote scheißegal gewesen.

An meiner Stelle hätte er den Verwalter zum Teufel gejagt. Ich war kurz davor, das zu tun.

„Er war kein schlechter Arbeiter. Vielleicht haben die von der Gewerkschaft ein wenig übertrieben, aber die Wahrheit ist, er war nicht faul. Er hatte seine Macken wie jeder von uns, aber er war ein guter Arbeiter. Ich kann mich nicht einmal mehr daran erinnern, warum er die Einheit verlassen hat."

Ich erinnerte mich noch sehr genau. Cundo hatte einen Riesenhass auf den Job und bei jeder Gelegenheit davon geredet.

Cundo und El Moro arbeiteten damals als Mädchen für alles auf dem Friedhof. Die zwei hatten den Arbeitsvertrag am selben Tag unterschrieben.

Sie waren dem Friedhofsverwalter nie sympathisch gewesen, weil sie nach der Arbeit immer direkt vor dem Friedhof unter einem Flamboyán-Baum Calambuco tranken. Aber der Mann hatte dagegen keine Handhabe. Bis er eines Tages die Gelegenheit bekam, sie loszuwerden.

Es war an dem Tag, an dem man Pinocchio beerdigte. Dieser wurde wegen seiner Nase Pinocchio genannt, aber im Gegensatz zu Pinocchio hatte er nie einen Jiminy Grille, der ihm Ratschläge gab. Pinocchio war der Erste vom Club de los Tarruces, der starb, abgesehen von Tachuela.

Er kauerte während einer Kältewelle ohne Jacke und wärmende Suppe im Magen in irgendeiner Ecke. Sie fanden ihn im Morgengrauen, so steif wie sein Aluminiumstock. Herzinfarkt.

Als man Pinocchio dann beerdigte, wollten ihn Cundo, El Moro und die anderen vom Club de los Tarruces standesgemäß verabschieden. Sie setzten sich auf sein Grab und tranken eine Flasche Calambuco.

Der Verwalter packte die Gelegenheit beim Schopf und rief die Polizei. Als diese eintraf, hieß es, sie könne nichts tun, weil es sich weder um Erregung öffentlichen Ärgernisses noch um Grab- oder Leichenschändung handle. Die Polizisten nahmen einen Schluck aus der Flasche und zogen wieder ab.

Der Friedhofsverwalter wollte sich diese Chance jedoch nicht entgehen lassen. Er verschwand in seinem Büro und kam nach zehn Minuten mit den Anträgen auf ein Disziplinarverfahren wegen Alkoholkonsums am Arbeitsplatz wieder.

Cundo und El Moro beschimpften ihn aufs Wüsteste und schworen, seinen beschissenen Friedhof nie wieder zu betreten – weder tot noch lebendig. Dann unterschrieben sie – bereits völlig betrunken – die Strafanträge.

Als El Moro nun eine Flasche Calambuco über Cundos Sarg schüttete, der zuvor in die Grube versenkt worden war, schaute der Friedhofsverwalter hilflos drein: „Das hat sich so eingebürgert. Ich weiß gar nicht mehr, wie oft ich das schon gesehen habe, jedes Mal, wenn einer von denen stirbt. Als ich sie das erste Mal dabei beobachtete, hatte ich so meine Zweifel und informierte mich bei den Behörden. Sie sind doch Polizist und wissen, dass man sich auf dem Laufenden halten muss, denn Unwissenheit schützt vor Strafe nicht. Sagt man das nicht so? Und als gewissenhafter Bürger handle ich nach den Gesetzen. Aber angeblich ist das, was sie machen, wohl doch nicht so schlimm. Ich glaube, es ist das Beste, sie in Ruhe zu lassen. Vielleicht wird daraus eine Tradition, und Traditionen müssen respektiert und gepflegt werden."

Ich wandte mich ab.

Die Totengräber warfen die letzte Schaufel Erde aufs Grab, klopften sie fest und verpassten dem Grabhügel so seine endgültige Form.

El Rey del Brillo legte einen Blumenkranz mitten auf den Erdhügel.

Der ganze Club de los Tarruces setzte sich um das Grab herum auf den Boden.

Bola de Queso zog eine Flasche heraus und stellte sie in die Mitte. El Moro zog den Korken und schüttete den ersten Schluck auf den Boden: „Für die Heiligen", sagte er.

Ich setzte mich zu ihnen.

El Puchy war auch da.

Die Flasche machte die Runde. Als sie bei mir ankam, nahm ich einen großen Schluck und gab sie an Pedrusco weiter, der sie austrank.

Eine zweite Flasche machte die Runde.

Und eine dritte.

Bola de Queso begann, über den Tod zu philosophieren: „Das Leben ist hart. Aus dem Staub kommen wir und zum Staub kehren wir wieder zurück."

El Moro nahm einen großen Schluck und deklamierte feierlich: „Das Leben ist nur ein Augenblick in der Ewigkeit des Universums."

El General sinnierte: „Deshalb musst du vögeln, saufen und tanzen was das Zeug hält, bevor der Sensenmann dich holen kommt."

El Rey del Brillo begann, einen Bolero zu trällern. Dafür, dass er alles andere als ein Sänger war, machte er es ganz gut.

„Cundos Lied", bat El Moro und wischte sich die Nase am Hemdsärmel ab.

El Rey del Brillo nahm noch einen Schluck, um seine Stimmbänder zu ölen, und stimmte dann die erste Strophe an: „Du weißt ganz genau, dass du mich betrogen hast …"

Nach und nach stimmten wir alle ein.

Kein einziges Männerauge blieb trocken, als wir dem Alten wünschten: „Hoffentlich findest du in der anderen Welt anstatt der Hölle das Himmelreich, wo mich eine Wolke aus deiner Erinnerung fortträgt."

Der Dürre

Nach dem Begräbnis ging ich geradewegs aufs Revier.

César konnte seine Ungeduld nicht verbergen.

Eigentlich ist César in solchen Fällen vor Begeisterung kaum zu halten.

César glaubt immer, dass der Fall gelöst ist, sobald es einen Verdächtigen gibt.

„Es sieht schlecht aus. Es geht nichts weiter."

„Hast du aus der Schlampe nichts rausgekriegt?"

„Nein, nichts. Wir müssen diesen Pepe la Vaca finden, Leo. Der Chef will endlich Erfolge sehen."

Der Chef ist schlimmer als César.

Der Chef arbeitet mit dem Telefon in der einen und der Uhr in der anderen Hand.

Der Chef denkt nicht. Dafür hat er nicht studiert.

Der Chef schaut ständig auf die Uhr, gibt Befehle und wartet auf Ergebnisse.

Auch César denkt nicht gern viel. Darum verzweifelt er, wenn der Chef anruft, um ihm Feuer unterm Hintern zu machen.

„César, vergiss Pepe. Ich hab dir ja schon gesagt, dass er nicht unser Mann ist."

„Und warum versteckt er sich dann, wenn er nicht unser Mann ist? Ich will mir diesen Pepe la Vaca endlich vorknöpfen."

„Na, dann such ihn eben!"

„Spiel hier nicht den Dummkopf, Leo Martín. Du deckst diesen Kerl. Was wird hier gespielt? Sag schon."

„Ich decke niemanden, César. Ich meine ja nur, dass du auf der falschen Fährte bist. Wenn du einen Sündenbock suchst, dann schnapp dir Pepe. Ich bin mir nämlich sicher, dass er die Schuld auf sich nimmt, wenn du ihn findest. Er wird sagen, dass er es getan hat. Wenn du einen Schuldigen willst, dann such Pepe la Vaca. Aber denk daran, dass du dann einen Mörder frei herumlaufen lässt."

César holte tief Luft. Er ging ein paar Schritte auf und ab und blieb dann wieder vor mir stehen.

„Das ist eine verzwickte Geschichte. Das Einzige, was ich in der Hand habe, sind eine verrückte Alte und eine kleine Hure, die nicht reden will."

„Diese Schlampe wird schon noch reden. Ich habe da etwas, was sie zum Reden bringen wird. Weißt du, was ich heute Nachmittag erfahren habe? Pedro Pechoemulo war letzte Nacht in Cundos Zimmer."

„Wer?"

„Pedro Pechoemulo."

Pedro Pechoemulo hatte immer einen Traum gehabt: sich in die Vereinigten Staaten abzusetzen und dort bei einer Mafiafamilie einzusteigen.

Pedro Pechoemulo hatte alle Bücher über die Cosa Nostra gelesen, die in diesem Viertel aufzutreiben waren, und er war ganz verrückt nach Mafiafilmen.

Pedro Pechoemulo hatte die Angewohnheit, auf der Straße Vorträge über die Geschichte und die Methoden der Mafia zu halten. Er erzählte von außergewöhnlichen Taten berühmter Mafiosi und gab dann sein Urteil darüber ab. Am Ende erklärte er, was er an Stelle von Vito Corleone, Al Capone, Lucky Luciano, Meyer Lansky und anderen berühmten Paten aus der Vergangenheit gemacht hätte.

Pedro Pechoemulo hielt sich für einen gerissenen Kerl und protzte mit seinem Talent, gute Geschäfte zu machen.

Doch das war reine Einbildung. Immer, wenn er dubiose Geschäfte machte, verlor er am Ende sein Geld oder bekam Probleme mit der Polizei oder anderen Kriminellen.

Eines Nachts hatte man ihn in einer Gasse zusammengeschlagen.

Sie hätten ihn fast umgebracht, doch er erstattete keine Anzeige. Er sagte, es sei sehr dunkel gewesen und die Kerle hätten Masken getragen.

Ambrosio sagt, dass es wegen seiner Schulden war.

Pechoemulo hatte einen Tank voll Calambuco auf Pump gekauft, wurde dann aber nicht einmal eine einzige Flasche los, weil es in den Bars überall genug Rum gab und gleichzeitig die anderen Verkäufer im Viertel die Preise senkten. Am Ende schaffte er es nur mit dem Geld seiner Tante aus Miami, den Calambuco zu bezahlen.

Ambrosio sagt, dass Chago el Buey sowohl derjenige war, der Pechoemulo den Calambuco verkaufte, als auch der, der ihm danach das Geschäft vermieste. Ambrosio weiß viel mehr über das Viertel, als er zugibt.

Schlussendlich musste Pedro Pechoemulo den ganzen Calambuco an der Ecke mit dem Club de los Tarruces trinken, obwohl er sonst bei jeder Gelegenheit betonte, dass er diesen Fusel eigentlich nicht anrühre. Seines sei eher der Whiskey.

Den Spitznamen Pechoemulo, der Ackergaul, hatte Pedro von seinem Vater geerbt, der in jungen Jahren Gewichtheber und professioneller Wrestler war.

Angeblich war der alte Pechoemulo einer der stärksten Männer, die je im Viertel gelebt haben, und es heißt, nur Tanganica, der Handlanger von Chago, und Iztinio el Toro seien mit ihm vergleichbar gewesen.

Iztinio, ein schwuler Schwarzer, starb aus Liebe zu einem Typen, als ich noch gar nicht geboren war, aber man sagt von ihm, dass er einen Chevy an der Stoßstange hochheben konnte und sich niemand traute, sich über seine Neigung lustig zu machen.

Noch im hohen Alter prahlte Pechoemulo senior mit seinen Kräften. Im Viertel erzählt man sich, dass er eines Tages ein Pferd durch einen Schlag auf den Kopf niederstreckte. Aber das ist schon ziemlich lange her, so lange, dass ich mich mit meinen gut dreißig Jahren nicht daran erinnern kann, das gesehen zu haben. Ambrosio sagt, er habe es sehr wohl gesehen, aber andere wiederum bezweifeln das. Genau das wird diese Legende wohl am Leben erhalten.

Pedro Pechoemulo junior hatte von seinem Vater außer dem Namen überhaupt nichts geerbt: Er war lang, dürr und bucklig und klappte sogar zusammen, wenn die Kinder ihn verprügelten. Pedro Pechoemulo hatte die Statur seiner Mutter, einer stets kränklichen Bäuerin, die im Sanatorium von Topes de Collantes an Tuberkulose gestorben war. Auch das habe ich von Ambrosio erfahren, weil ich auch die Mutter von Pechoemulo nie kennen gelernt habe. Bis es mir Ambrosio sagte, hatte ich nicht einmal gewusst, dass es in Topes de Collantes, inmitten der Hügellandschaft, einmal ein Sanatorium für Tuberkulosekranke gegeben hatte.

Pedro Pechoemulo junior ist immer weiß gekleidet. Er ließ sich im Jahr 1990 heilig sprechen.

Heiligsprechungen sind zu einer weit verbreiteten Unsitte geworden. Heutzutage kann sich jeder, der ein wenig Geld hat, mit einem Sektenpriester arrangieren. Dieser führt dann das Ritual mit ihm durch. Priester gibt es ja wie Sand am Meer.

Es gibt Gläubige, die von der Wirkung des Rituals überzeugt sind. Die schaffen es, sich durch unzählige Entbehrungen das Geld für die Heiligsprechung zusammenzusparen. Andere wiederum kommen mit Geschäften und Spekulationen zu Geld. Für die bedeutet die Heiligsprechung nur, dass sie unter dem Schutz der afrikanischen Götter weiterhin ihre krummen Dinger drehen können.

Leute wie Pedro Pechoemulo lassen sich heilig sprechen, weil es gerade modern ist und weil ihnen ein Angehöriger aus dem Ausland das Geld dafür schickt.

Neben dem Honorar für den Priester muss man bei der Heiligsprechung viel Geld für Essen und Getränke ausgeben sowie für weiße Kleidung und Schuhe, die zur Aufmachung eines Heiligen gehören.

Früher ließen sich nur die Schwarzen im Viertel heilig sprechen, mittlerweile tun das auch Weiße, Damen aus gutem Hause, Schwule, Parteimitglieder, Bauern, Künstler und Kaufleute.

Es gibt falsche Priester, deren Ausbildung sich auf die Lektüre einiger weniger Handbücher über afrikanisches Brauchtum beschränkt, die es aber dennoch geschafft haben, mit den Heiligsprechungen ein solides Geschäft aufzuziehen. Touristenfänger helfen ihnen dabei, Italiener, Deutsche und sogar Schweden dafür zu ködern.

Die Heiligsprechung nützte Pedro Pechoemulo nicht viel. Die Geschäfte liefen weiterhin schlecht. Er hatte gerade wegen seiner Schulden sein Auto verloren, das er erst einige Wochen zuvor gekauft hatte – selbstverständlich mit dem Geld seiner Tante.

Pechoemulo war sehr auf sein feines Auftreten bedacht, aber er umgab sich immer mit dem Abschaum des Viertels: El Gordillo, El Lobo und Rosa María.

César beruhigte sich ein wenig, nachdem ich ihm erzählt hatte, wer Pedro Pechoemulo war.

„Darf ich ihn mir vorknöpfen?“, fragte er.

César kann manchmal überraschend höflich sein.

„Ja, knöpf ihn dir vor und konfrontiere ihn mit dieser Nutte. Du wirst schon sehen, was du dann aus ihnen herausholst.“

César ging auf und ab. Er wirkte unruhig. Er sah mich fahrig an und holte etwas aus seiner Hosentasche: „Das hatte sie bei sich.“

César zeigte mir ein paar rosafarbene Pillen, fünf Parkisonil-Tabletten.

„So eine Scheiße!“, sagte ich und ging hinaus.

Als ich im Viertel ankam, waren ein paar Nachbarinnen dabei, Cundos Zimmer zu putzen. Sie putzten, als ob sie zusammen mit dem über Jahre angesammelten Dreck die Seele des Toten aus dem Zimmer spülen wollten. Ich trat näher und stellte fest, dass der Boden aus rosagelb gemusterten Mosaiksteinen bestand und die Tür- und Fensterrahmen – kaum zu glauben – weiß gestrichen waren.

Draußen standen die Jungs der Clique mit einer Flasche Schnaps. El Puchy rief mich.

„Nimm einen Schluck“, sagte er und reichte mir die Flasche.

Der Schnaps war gut, genau das Richtige, um meine Kehle zu ölen. Das brauchte ich jetzt. Immer wenn ich mir mehr als drei Schluck genehmige, brauche ich noch einen vierten, fünften und sechsten. Manchmal sogar mehr. Viel mehr.

„Bist du wütend, weil ich das mit der Uniform gesagt habe?“ El Puchy hatte sich an diesem Nachmittag auch mehr als drei Schluck genehmigt. Seine Stimme klang versöhnlich. Während der Beerdigung hatten wir kein Wort gewechselt.

„Verdammt, Puchy! Wir sind doch Brüder, oder?“

„Vergiss es, mein Freund“, sagte er beschämt und drückte mir nochmals die Flasche in die Hand.

El Jabao sah uns ungeduldig an und wartete, bis er dran war.

„Schluss mit Intrigen, meine Herren“, sagte er. „Gib mir die Flasche, Leo.“

El Jabao nahm einen Zug und gab die Flasche an El Moro weiter.

„Weiß man schon etwas?“, fragte El Puchy.

„Mensch, glaubst du, dass Leo dir einfach so sagen kann, ob sie etwas herausgefunden haben? Dieser Job verlangt Anstand, Kumpel“, erklärte El Jabao, der sich an diesem Tag besonders wichtig vorkam, weil er derjenige war, der die Leiche gefunden hatte.

„Schon gut, wir sind ja unter Freunden“, unterbrach El Moro. Ich schaute ihn an und er senkte verlegen den Kopf.

El Moro war kein Mitglied der Clique und würde es auch nie sein. Er war das, was man im Viertel einen

Schlappschwanz nennt: ein Schwächling, der alles ausplaudert.

„Aber Job ist Job, Leute. Und Leos Job erfordert Diskretion. Er darf nichts sagen, denn hinterher hält einer nicht dicht und alle seine Ermittlungen sind wertlos. Stimmt's nicht?“, sagte El Jabao und schielte zu El Moro rüber.

„Ich hau ab, Jungs“, sagte El Moro und stand auf. „Ich muss mich in der Schlange dort anstellen.“

„Man weiß noch nichts“, sagte ich und nahm die Flasche, um noch einen Schluck zu nehmen. Den letzten hatte ich im Magen gespürt, dieser traf meine Seele. Da musste ich durch: Der nächste würde direkt in den Kopf schießen.

El Puchy riss mir die Flasche aus der Hand und nahm einen kräftigen Schluck. El Jabao wirkte erleichtert, als er sah, dass sich El Moro von der Gruppe entfernte.

„Machito, Iseldas Sohn, ist gestern Abend aus dem Gefängnis ausgebrochen“, sagte El Puchy, ohne mir in die Augen zu schauen, sobald er sicher war, dass El Moro ihn nicht mehr hören konnte.

Tiefes Schweigen. Ich kannte dieses Schweigen. Es war ein Schweigen wie jenes, mit dem sich Fela heute Nachmittag von mir verabschiedet hatte, bevor ich zu Cundos Beerdigung ging.

El Jabao packte die Flasche, nahm einen großen Schluck und gab sie El Puchy wieder zurück. El Puchy trank, als ob er sie bis zum letzten Tropfen leeren wollte, dann stand er auf und gab sie mir.

„Sauf aus, Alter“, sagte er und torkelte davon.

„Der Alte war unser Freund. Man muss alles unternehmen, um seinen Mörder zu finden. Du weißt, was zu tun ist, Mensch!“, sagte El Jabao und ließ mich allein auf der Straße stehen.

Mit einem Riesenschluck kippte ich den restlichen Schnaps in mich hinein. Mir wurde übel und ich schleuderte die Flasche gegen einen Pfosten. Die Nachbarinnen, die Cundos Zimmer putzten, kamen heraus, um zu sehen, was los war.

„Oh Mann!“, schrie ich. Kopfschüttelnd gingen sie wieder ins Haus.

Die fünf Schweinchen

Zu Hause angekommen, ging ich sofort ins Bad.

Ich brauchte eine kalte Dusche.

Und jetzt besonders. Immer wenn ich vom Friedhof zurückkomme, stelle ich mich unter die Dusche. Es ist so wie bei den Nachbarinnen, die Cundos Zimmer putzten: Ich schrubbe mit Wasser und Seife den Tod von meiner Haut. Eigentlich bin ich nicht abergläubisch, aber solche Gewohnheiten nimmt man im Lauf der Zeit einfach an. Ich dusche mich immer, nachdem ich Blumen auf das Grab meines Vaters gelegt habe. Außerdem musste ich duschen, weil mir schlecht war. Nachdem ich mich den ganzen Tag zusammengerissen hatte, konnte ich jetzt die Übelkeit und den Zorn herauslassen.

Der Alkohol machte das möglich. Endlich.

Leider.

Und während das Unglück und der Dreck mit dem Wasser an mir herunterrannen, begann ich nachzudenken.

Ich dachte an mehrere Dinge gleichzeitig.

Ich dachte daran, dass ich schon lange nicht mehr an einem Tag so viel nachgedacht hatte.

Ich dachte daran, dass ich manchmal zu viel Zeit ohne nachzudenken verbrachte, nämlich dann, wenn ich die tägliche Routine erledigte: Berichte schreiben über Präventionsmaßnahmen gegen Prostitution und Zuhälterei, über das Gewaltpotential im Viertel oder über eventuell gefährliche Subjekte. Danach bei Fräulein X vorbeischauen, die soeben aus der Besserungsanstalt für junge Frauen mit bedenklicher ideologischer Orientierung entlassen wurde, aus einer Art Sanatorium zur moralischen Erziehung von Prostituierten. Einen Kerl auf Bewährung besuchen oder irgendeinen Typen, der ein paar Tage Freigang aus der Umerziehungsanstalt für Minderjährige hat.

Wichtig ist nicht das Gespräch mit diesen Leuten, sondern der Eintrag ins Besuchsprotokoll. Normalerweise wollen sie dich ja gar nicht sehen.

Und ich denke nicht.

Und ich habe keine Zeit, darüber nachzudenken, dass ich nicht denke.

Und so vergeht ein Tag, eine Woche und ein Monat ohne nachzudenken. Ohne dass die grauen Zellen arbeiten.

Bis sich eines Tages alles ändert, weil irgendetwas passiert. Dann beginnt man zu denken, dass man sich etwas überlegen muss. Und es stellt sich heraus, dass man gar nicht mehr denken kann, weil man schon so lange Zeit an nichts mehr gedacht hat. Man ist nicht mehr fähig, auch nur an die kleinste Kleinigkeit zu denken.

Die graue Masse ist träge geworden, das Gehirn ist aus der Übung, weil man nie Zeit gehabt hat, es so zu trainieren, dass es richtig funktioniert.

Du hast nicht mal Zeit dafür, mit der Familie Mensch ärgere dich nicht zu spielen, weil du den ganzen Tag damit verbringst, irgendwelche lächerlichen Berichte zu schreiben, Leute zu besuchen, die dir nicht zuhören wollen, oder Familienstreitigkeiten zu schlichten. Und du hast keine Ahnung davon, dass Mariana schon längst daran denkt, dich in die Wüste zu schicken. Sie denkt, dass sie jemanden an ihrer Seite braucht, der an sie denkt. Und es gibt auch schon so einen Kerl, der daran denkt, sie von der Arbeit abzuholen, ihr Komplimente zu machen oder sie auf ein Getränk einzuladen, um herauszufinden, was sie denn so denkt.

Und dann, eines Tages, liegt aus heiterem Himmel deine ganze Kleidung fein säuberlich zusammengelegt auf deinem Bett.

Deine Schwiegermutter denkt, du könntest deine Tochter besuchen, wann immer du willst, das sei kein Problem.

Und Mariana denkt, das wäre das Beste für alle drei, weil das Mädchen schon groß sei und glauben könnte, ihr Vater widme ihr keine Aufmerksamkeit. Also überlegst du dir jetzt besser, was du in Zukunft machst.

Und ich dachte immer, meine Ehe würde an dem Tag in die Brüche gehen, an dem Mariana von meiner Geschichte mit Luisa erfahren würde. Aber dem war nicht so.

Und Luisa denkt, dass das so oder so kommen musste. Sie hat viel über die Sache nachgedacht und sagt, ich könne ruhig bei ihr einziehen, obwohl sie nicht vorhat, sich auf eine Ehe einzulassen. Weil sie nicht einmal im Traum daran denkt, Unterhosen zu waschen oder um sechs Uhr abends noch das Mittagessen zu kochen und dann die Teller zu waschen. Oder dann mit mir zu vögeln, wenn es mir in den Kram passt. Sie vögelt mit mir nur, wenn es ihr in den Kram passt.

Unter der kalten Dusche dachte ich das erste Mal über mein Leben nach. Darüber, dass ich ein einsamer Mann war, dass ich auch Fela bald verlieren würde, dass Yanet ihren Stiefvater jetzt lieber mochte als mich, dass ich erst an diesem Nachmittag, nach so vielen Jahren, die tatsächliche Farbe des Bodens und der Wände in Cundos Zimmer gesehen hatte. Ich dachte daran, dass ich zum ersten Mal, seit ich Polizist war, Hilfe von ein paar Freunden bekommen hatte. Hilfe, die einem im Viertel teuer zu stehen kommen kann. Denn wenn ein Mann im Viertel als Verräter gilt, macht man ihm das Leben zur Hölle.

Dieses verrückte Viertel.

Während mir das kalte Wasser auf den Kopf prasselte, dachte ich darüber nach, wie sehr César sich getäuscht hatte, als er meinte, ich wüsste, wo die Moskitos in diesem Viertel ihre Eier legen. Und ich dachte zum ersten Mal daran, dass ein Polizist, sosehr er auch glaubt, für die anderen ein guter Freund und ein richtiger Kerl zu sein, doch immer in einer anderen Welt leben wird.

Und jemand hatte – vielleicht sogar unabsichtlich – Cundo töten und es dann auf Pepe la Vaca schieben müssen. Auf diesen Pechvogel, dem der Alkohol, den er sich seit mehr als zehn Jahren hinunterkippte, das Gehirn zerfressen hatte. Das alles war nur geschehen, um mich zum Nachdenken zu bringen.

Ich aß nichts. Der Alkohol verdirbt mir immer den Appetit.

Der Alkohol lässt mich über zu viel Unsinn nachdenken.

Fela und ihre Angst waren immer noch stumm.

Meine Uniform lag gewaschen und gebügelt auf dem Bett. Sie saß im Wohnzimmer und strickte eine Mütze für meine Tochter.

Ich zog die Uniform an, verabschiedete mich von Fela mit einem Kuss, der so leise war wie ihre Angst, und ging nach draußen. Ich setzte mich auf die Plaza Vidal.

Um sechs Uhr abends kommen immer die Vögel. Es sind Sittiche: schwarze Schreihälse, die dir sorglos das Hemd voll scheißen, wenn du auf der falschen Bank sitzt.

Als ich ein Junge war, kamen die Vögel aus dem Osten und flogen in Riesenschwärmen über unser Viertel. Es war ein faszinierendes Schauspiel.

Jeden Abend nahm Fela ihren Stuhl und setzte sich mit mir vor die Tür, um den Vögeln zuzusehen.

Es war schön, die Vogelschwärme übers Viertel fliegen zu sehen.

Für Manolito el Buty, El Puchy und Pepe la Vaca war es eher appetitanregend als schön.

Nachts gingen sie mit einem Korb und einer Steinschleuder hinaus und jagten die Vögel. Susy, El Butys Mutter, kochte dann ein leckeres Vogelgericht mit Reis.

„Das Fleisch der kleinen Vögel ist dunkel, deshalb färbt man den Vogelreis nicht mit gelbem Orleanpulver. Die Fleischstücke werden mit Knoblauch, Zwiebel, Lorbeer und grünem Pfeffer gebraten. Wenn vorhanden, gibt man einen Schuss Chinasauce hinzu, wenn nicht, wird Zucker karamellisiert, der dem Ganzen die Farbe gibt. Anschließend mischt man den Reis, die entsprechende Menge Wasser und ein wenig trockenen Weißwein dazu. Alles zusammen wird dann gekocht“, hatte Susy meiner Mutter einmal erklärt, die versuchte, ihre Missbilligung zu verbergen.

Fela unterhielt sich nicht gern mit Susy. Ich sah die Angst in ihren Augen, wenn Susy sie um ein bisschen Salz oder um ein Kochrezept bat. Fela sagte hinter vorgehaltener Hand, dass Susy ein wildes Weib gewesen sei.

Irgendwann erfuhr ich, was das bedeutete: dass Susy eine Nutte gewesen war. Aber Manolito liebte seine Mutter und ließ nicht zu, dass man ihn Hurensohn nannte, nicht mal im Spaß. Später übernahm El Buty leitende Funktionen. Zuerst bei der Kommunistischen

Jugend, dann bei der Partei. Dann verließ er das Viertel, vielleicht – wie es in den Boleros heißt – auf der Flucht vor der Vergangenheit. Aber, wie es ebenfalls in einem berühmten Bolero heißt, man kann sich das Schicksal nicht nach Lust und Laune zurechtbiegen.

„Komm bloß nicht auf die Idee, diesen Fraß zu probieren", warnte mich Fela. „Wer kommt schon auf die Idee, Vögel zu essen? Eines Tages wird es so weit kommen, dass man sogar Katzen und Hunde isst!"

Zum Geburtstag von El Buty hatte Susy einmal alle Jungs aus dem Viertel auf Reis mit Vögeln eingeladen. Ich fand es köstlich, verriet meiner Mutter aber nie, dass ich es probiert hatte.

Heute sieht man die Vögel selten in großen Schwärmen übers Viertel fliegen, aber aus unerklärlichen Gründen ist die Plaza Vidal am Nachmittag immer voll von ihnen. Vermutlich kommen sie jetzt von woanders her. Das Leben hier hat sich nämlich sehr verändert.

Ich wollte auf dem Platz aber nicht die Vögel beobachten und die Väter beneiden, die Zeit hatten, auf ihre Kinder aufzupassen, die sich in kleinen Wagen von Ziegen über den Platz ziehen ließen.

Ich wollte nicht sehen, wie ein Windstoß den Rock eines Schulmädchens hochblies und wie das Mädchen den Rock nicht festhalten konnte, weil es in der einen Hand die Mappe mit den Schulbüchern und in der anderen eine Eistüte hielt.

Ebenso wenig wollte ich den Alten zusehen, die in der ewig langen Schlange vor dem Café Villa Clara standen, um irgendwann eine Tortilla zu bekommen, die für sie Frühstück, Mittag- und Abendessen in einem war.

Schon gar nicht saß ich hier um zu beobachten, wie drei schöne Kubanerinnen vor dem Eingang des ehemaligen Grandhotels um die Gunst eines pummeligen Spaniers buhlten, während uns unsere große kubanische Wohltäterin Doña Marta Abreu de Estévez auf ihrem Marmorsockel gleichgültig und traurig den Rücken kehrte.

Ein Polizist kann sich den Luxus, einfach so auf einem Platz zu sitzen, nur sehr selten oder gar nicht leisten.

Ich saß auf der Plaza Vidal und wartete auf El Gordillo.

El Gordillo war zwar noch minderjährig, seine Polizeiakte war aber bereits voll von Berichten über kleinere Delikte, die gegen ihn sprachen. Seine missliche Lage, kombiniert mit seinem schwachen Charakter, machte ihn zu einem guten Informanten.

Dass ein Junge von seiner Großmutter aufgezogen wird, ist im Viertel ganz normal.

Maggie, El Gordillos Mutter, hatte ihn bei Leticia, ihrer Mutter, gelassen, als sie im Zuge der großen Auswanderungswelle im Mai 1980 auf einem Boot nach Miami verschwand.

Maggie musste nicht wie viele andere lügen, um zum

so genannten Abschaum Kubas zu gehören, der damals ausreisen durfte: Sie war tatsächlich lesbisch und außerdem war sie früher eine Nutte gewesen.

Laut El Jabao wurde Maggie zur Lesbe, weil sie durch und durch Nutte gewesen war und ihr das, was ihr die Männer zu bieten hatten, bald nicht mehr genügte.

Maggie war noch keine fünfzehn, als sie von zu Hause weglief und nach Havanna ging. Angeblich schloss sie sich dort einer Gruppe von Hippies an, die in Kuba herumreiste, bis sie schließlich schwanger nach Santa Clara zurückkehrte und Yoani Claro Soa, alias El Gordillo, zur Welt brachte. El Gordillo war also der Sohn von Maggie Claro und von weiß der Teufel wem. Nicht einmal Maggie selbst wusste, welcher von den vielen Männern in ihrem Leben der Vater ihres Sohnes war.

El Gordillo hatte die Reiselust seiner Mutter geerbt.

Er war noch nicht einmal zehn, als er das erste Mal von zu Hause weglief.

Er hatte Leticia zwanzig Pesos gestohlen und war mit einem Taxi bis nach Varadero gefahren.

Das waren großartige Sommerferien für El Gordillo. Er ging am schönsten Strand der Welt schwimmen, lebte von Essensresten in Pizzerias, spähte in Hotels und beklaute russische Touristen.

Das machte er so lange, bis ihn die Polizei vierzehn Tage später wieder nach Hause brachte.

Von da an musste man ständig auf ihn aufpassen.

Denn sobald man ihn aus den Augen ließ, setzte er sich in einen Bus oder in einen Laster in Richtung Osten oder Westen. Er fuhr nach Havanna, angeblich um seinen Vater zu suchen. Er fuhr nach Pinar del Río, angelockt von einer Reklame des Valle de Viñales, er fuhr nach Camagüey, wo er einen anderen Straßenjungen besuchte, den er auf irgendeiner seiner Reisen kennen gelernt hatte, und nach Santiago de Cuba, um ein Versprechen einzulösen, das er unserer Schutzpatronin, der Barmherzigen Jungfrau von El Cobre, gegeben hatte. Er wollte auf Knien in die Kapelle von El Cobre rutschen, damit die Jungfrau ein Wunder für ihn vollbrachte: ein Wiedersehen mit seiner Mutter.

Von Maggie hatte nie wieder jemand etwas gehört. Seit dem Tag, an dem sie das Land verlassen hatte, hatte sie weder geschrieben noch angerufen.

Niemand wusste, was sie aus ihrem Leben gemacht hatte. Niemand wusste, ob sich ihr Traum tatsächlich erfüllt hatte: die Geschlechtsumwandlung, die im Ausland angeblich möglich war, und die Hochzeit mit einer wunderschönen Blondine. Ob sie noch lebte oder schon tot war.

Was man aber wusste, war, dass El Gordillo in einem Heim für schwer erziehbare Jugendliche saß, wenn er nicht gerade wieder einmal durchs Land reiste. Dass er sich in letzter Zeit nur selten dort aufhielt, hing damit zusammen, dass er sich mit seinen Informationen freikaufte.

Seine neueste Beschäftigung war Touristen ausnehmen.

El Gordillo verfolgte Gruppen ausländischer Touristen, die seit kurzem nicht mehr aus Russland, sondern aus Italien, Deutschland, Spanien und Frankreich kamen. Er bettelte sie an, bestahl sie, sobald sie einmal kurz wegschauten, betrog sie oder empfahl ihnen gegen eine Provision Restaurants, Pensionen oder Huren.

Es war fast acht Uhr abends, als ein Touristenbus um die Ecke bog und genau vor dem Grandhotel anhielt. Er war voll mit Deutschen.

El Gordillo reiste als blinder Passagier mit. Er stand auf der hinteren Stoßstange und hielt sich an den Rücklichtern fest. Obwohl auch er vom vielen Zuckerwasser dick geworden war, balancierte er elegant auf der Stoßstange.

Genauso elegant und geschickt sprang er vom fahrenden Bus und trabte gemächlich neben ihm her, bis der Bus anhielt.

Kaum hatte sich die Tür des Autobusses geöffnet, war El Gordillo zur Stelle. Er reichte mit einem dienstfertigen Lächeln, um das ihn jeder Touristenführer beneidet hätte, einer korpulenten und blassen Deutschen die Hand.

Unbemerkt von El Gordillo überquerte ich die Straße und stellte mich hinter ihn. In diesem Moment holte die Frau ein paar Münzen aus ihrer Geldtasche hervor und drückte sie ihm in die Hand. Der Junge glotzte derart unverschämt auf die Geldscheine in der Brieftasche der naiven Deutschen, dass ich mich beeilte, ihn an der Schulter zu packen.

„Ich warte auf der Plaza Las Arcadas auf dich“, sagte ich.

Die blasse Frau warf mir einen verwunderten und unschuldigen Blick zu.

Die Plaza Las Arcadas liegt an einer Kreuzung zum Boulevard, einen Häuserblock von der Plaza Vidal entfernt. Der Platz ist einer von den vielen Plätzen in meiner Stadt, die ihr Entstehen einem Abriss zu verdanken haben.

Zuerst wurden dort die Eisenwarenhandlung, das Bekleidungs- und das Schuhgeschäft – dasselbe, an dem Chago el Buey früher beteiligt gewesen war – durch einen Brand großteils vernichtet. Alle drei Geschäfte befanden sich an der Kreuzung der Calle Independencia und der Calle Luis Estévez. Daraufhin wurden diese Gebäude verlassen, vergessen und schließlich bei einem Verkehrsunfall endgültig zerstört. Dieser ereignete sich glücklicherweise genau zu der Zeit, als eine Architektengruppe gerade eine Idee für ein Projekt hatte, aus dem dann der heutige Boulevard von Santa Clara wurde.

Die Plaza Las Arcadas war sehr schön, mit zwei kleinen Wasserbecken, in denen sich bunte Fische tummelten, rote Karpfen und zauberhafte Goldfische, die meistens so endeten wie die Sittiche der Plaza Vidal – als Delikatessen.

Außerdem gab es auf diesem Platz Flamboyán-Bäume und öffentliche Toiletten, die vor Sauberkeit so glänzten, dass sie der ganze Stolz der Bewohner von Santa Clara waren.

Ich setzte mich an den Rand eines Wasserbeckens und wartete auf El Gordillo.

Ein paar Minuten später war er da.

Auf dem Boulevard gingen nach und nach die Lichter an.

Für die wenigen aktiven Geschäfte war für heute Ladenschluss.

Die Leute eilten die Straße hinauf und hinab, in der Hoffnung, bald zu Hause zu sein. In einem Zuhause voller Unsicherheiten, aber schließlich und endlich doch zu Hause. Es war Zeit, nach Hause zu gehen, und ich saß auf dem Rand eines Wasserbeckens auf der Plaza Las Arcadas neben diesem kleinen Verbrecher, der noch grün hinter den Ohren war. Ich wollte ihn mit seiner Freiheit erpressen und, wenn es sein musste, bis zum Letzten gehen, um an Informationen zu kommen.

„Was ist los?“, fragte er mich ängstlich.

„Was los ist? Ich werde dich wieder in die Umerziehungsanstalt für Minderjährige stecken, wenn du nicht mit dem Stehlen aufhörst.“

„Damit hab ich nichts mehr am Hut, Leo. Weißt du, ich bin zum Bach von La Sabana gefahren um zu baden, und auf dem Rückweg bin ich auf diesen Autobus aufgesprungen."

„So frech, wie du dir diese Busfahrt erschwindelt hast, wolltest du auch die Alte ausnehmen."

„Ich hab doch nichts anderes getan als dieser alten Dame beim Aussteigen zu helfen!"

„Es reicht, Gordillo. Diese Geschichte kannst du deiner Großmutter erzählen! Lass uns jetzt von etwas reden, was mich im Moment mehr interessiert."

„Leo, ich weiß gar nichts, was Cundo betrifft. Ich schwör dir beim Namen meiner Mutter, dass ich nichts weiß. Gestern Nacht war ich am Busbahnhof und hab Kiko Empanada bei seinen Geschäften geholfen."

Der Junge hatte einen seltsamen Schimmer in seinen Augen, so als ob er gleich zu weinen anfinge.

Dem muss ich Feuer unterm Hintern machen, damit er auspackt, dachte ich.

Ich atmete tief durch und versuchte ruhig zu wirken.

„Bist du dir sicher, dass du nichts weißt, Gordillo?"

„Leo, ich hab's dir doch schon bei meiner Mutter geschworen, verdammt", sagte er weinerlich.

„Wenn hier einer flucht, dann bin ich das, verdammt noch mal. Verstanden?"

„Ja, ist ja schon gut, Leo."

„Und jetzt sag mir, wer diesen Dreck im Viertel verkauft!" Ich zeigte ihm eine der Pillen, die César Rosa María abgenommen hatte.

„Ist das Parkisonil?"

Im Viertel schnupft niemand Kokain. Zumindest ist es nicht üblich.

Es ist auch unwahrscheinlich, dass sich jemand aus dem Viertel LSD oder Heroin spritzt. Das tun nur Hippies.

In letzter Zeit kommt es immer wieder vor, dass einer im Viertel Marihuana raucht oder sich der eine oder andere eine Ampulle Morphium spritzt, die irgendein Krebskranker im Endstadium nicht mehr benötigt hat.

Im Viertel ziehen sich die Leute am liebsten Parkisonil rein. Pillen, die den Patienten in psychiatrischen Anstalten verabreicht werden und die man so wie Rindfleisch und Benzin auf dem Schwarzmarkt bekommt.

Im Viertel schlucken die Leute am liebsten Parkisonil, weil es billig ist.

Insider wie El Gordillo behaupten, dass das Parkisonil in den rosafarbenen Kapseln qualitativ besser sei als das in den weißen, zumindest für ihre Zwecke.

„Du weißt ganz genau, dass das Parkisonil ist. Stell dich nicht blöd. Wer verkauft diesen Dreck im Viertel?"

„Ich weiß es nicht, Leo."

Ich steckte die Pillen in meine Hemdtasche.

Der Trick mit den Handschellen funktioniert immer, deshalb habe ich sie immer bei mir.

Auf die Handschellen verlasse ich mich mehr als auf meine Pistole.

Ich stand auf, zog die Handschellen aus meiner Gesäßtasche und bevor El Gordillo wusste, wie ihm geschah, hatte er sie schon ums Handgelenk und wurde von mir mitgeschleppt.

„Leo, was soll das?“, fragte er stotternd.

„Ganz einfach. Diese Nacht verbringst du nicht daheim.“

„Ich hab gar nichts getan“, winselte er.

Und schon hatte ich ihn soweit. Ohne ihm die Handschellen abzunehmen, setzte ich ihn wieder zurück auf den Beckenrand. Ich setzte mich dicht neben ihn.

Mit der linken Hand hielt ich die Handschellen, während ich mit der anderen an seinem Ohr zog, bis er wieder zu winseln anfing.

Nur ein altes Ehepaar sah uns zu, die anderen Leute gingen gleichgültig vorbei.

„Du hast sehr wohl etwas getan. Du weißt, dass mein Wort mehr als deines zählt, also pack endlich aus, wenn du nicht wieder wegen versuchten Raubüberfalls auf eine alte Deutsche für ein paar Monate in den Bau willst. Wer verdammt noch mal dealt mit diesem Dreckszeug im Viertel?“ Ich begann sein Ohr ganz langsam umzudrehen.

„Pechoemulo“, presste er unter Schmerzen hervor. Es war, als ob der Name gepaart mit dem Schmerz aus seinem Innersten hervorkäme. Also löste ich meinen Griff ein wenig und hörte, wie El Gordillo erleichtert aufatmete.

„Siehst du, so ist es besser. Pechoemulo also. Nur er, Gordillo?“

„Ich glaub schon.“

Ich drehte wieder an seinem Ohr und er schrie auf.

„Nur er, Gordillo?“

„Ich habe gehört, dass Machito das Zeug im Knast vertreibt.“

„Und woher kommt das Zeug, du Schlappschwanz?“

„Frank la Puerca klaut es aus den Lagern der staatlichen Gesundheitszentren. Aber lass mich doch bitte los, bei deiner Mutter, Leo, du wirst mir noch mein Ohr abreißen.“

Ich hatte ihn weich gekriegt. Unter diesen Umständen hätte er mir alles gesagt, selbst den Tag der ersten Regel seiner Großmutter hätte er mir verraten, wenn ich ihn danach gefragt hätte. Aber mehr wollte ich gar nicht wissen. Ich ließ sein Ohr los und öffnete die Handschellen.

„Und jetzt ab nach Hause mit dir und bleib dort, bis ich dich rufen lasse. Und glaub ja nicht, dass du mich reinlegen kannst. Wenn du abhaust und ich dich wiederfinde, buchte ich dich für drei oder vier Monate ein.“

„Leo, zieh mich da nicht mit rein. Wenn diese Typen erfahren, dass ich ...“

„Du sollst abhauen, verdammt noch mal!“

El Gordillo rieb sich das Ohr und verschwand. Die Alten, die uns beobachtet hatten, kamen näher und lächelten zufrieden. Er ein etwa achtzigjähriger Mann und sie ein weißhaariges altes Mütterchen.

„Wenn alle so mit diesen Burschen umgehen würden, gäbe es nicht so viele Verbrechen in diesem Land", sagte der Alte anerkennend.

Ich antwortete ihm nicht. Ich stand auf und ging still und mit gesenktem Kopf davon. Ich überlegte, wie man zu so einem Schwein werden kann, ohne sich dessen bewusst zu sein.

Ich fühlte mich wie ein Schwein.

Wie und wann ich zum Schwein geworden war, konnte ich nicht genau sagen.

Vielleicht ging das langsam, Schritt für Schritt. Denn nur ein Schwein ist dazu fähig, einen Pechvogel wie El Gordillo mit solchen Mitteln zu erpressen, um an Informationen zu kommen.

Was würden wohl El Puchy, Manolito el Buty oder gar Pepe la Vaca von mir halten, hätten sie mich dabei gesehen?

Was würde der alte Cundo von mir denken? Würde er verstehen, dass ich das für ihn getan hatte?

Und konnte ich mir sicher sein, dass ich das nur dieses eine Mal und nur für den alten Cundo tun würde?

Ich fühlte mich wie ein Schwein, das es verdient hatte, sich im gleichen Dreck zu suhlen wie Pedro Pechoemulo, Machito, Rosa María und Chago el Buey.

Als ich zur Plaza Vidal kam, hob ich den Kopf und sah, wie sich ein Schwarm Sittiche auf einem dicht belaubten Eibischbaum niederließ. Die anderen Vögel, die davor schon auf dem Baum gesessen waren, flogen erschrocken davon. Der Schwarm glich einer schwarzen Rauchwolke, die zunächst in den Himmel aufstieg, sich aber wieder auflöste, als sich ein Vogel nach dem anderen wieder auf den Baum setzte.

Ich sah zwar, wie sich der Vogelschwarm niederließ, hätte aber nicht sagen können, woher die Vögel kamen.

Machito konnte ohne Parkisonil nicht leben. Wenn er keines mehr hatte, wäre er sogar dazu bereit gewesen, seine Mutter zu verkaufen. Meistens aber mischte er sich einfach etwas anderes zusammen: Er löste Valium in Rum auf, kochte ein paar Wurzeln ab oder machte sich ein Gebräu aus Engelstrompeten. Doch das beruhigte ihn nur für kurze Zeit. Am Ende musste er dann doch an seine rosa Pille kommen, ganz egal wie und zu welchem Preis.

Machito hatte noch andere Laster. Er konnte es einfach nicht lassen, in den öffentlichen Bussen Frauen zu begrapschen, und ebenso wenig konnte er der Versuchung widerstehen, den Bauern, die beim Anstehen auf dem Busbahnhof nicht aufpassten, die Geldbörse aus der Tasche zu ziehen.

Die größte Versuchung für Machito war das Gefängnis.

„Ein Aufenthalt im Gefängnis reizt Machito mehr als ein Stück Schweinefleisch“, sagt Ambrosio.

„Das Gefängnis ist was für echte Männer.“ Das ist ein ungeschriebenes Gesetz im Viertel. In einem Viertel wie meinem finden viele nichts dabei, im Gefängnis zu sitzen. Und manche sind sogar stolz darauf. Machitos Gefängnismanie konnte man aber schon als krankhaft bezeichnen.

„Im Gefängnis lebt man besser. Man muss nicht arbeiten und zum Geschäftemachen ist es der beste Ort der Welt", sagt Machito.

Dafür hat Machito seine Gründe. Es ist kein Geheimnis, dass eine Schachtel Zigaretten im Gefängnis doppelt so viel wert ist wie auf der Straße. Es gibt noch andere Dinge, die ebenfalls einen hohen Tauschwert haben und vielfältig Verwendung finden. Wenn ein einzelnes Pornobild doppelt so viel wert ist wie eine Schachtel Zigaretten, dann kann man sich gut vorstellen, was man mit einem ganzen Playboy-Heft so alles anfangen kann. Ein halbes Kilo Zucker gilt als harte Währung, Parkisonil-Pillen sind mit dem amerikanischen Dollar gleichzusetzen.

Machito kam zum ersten Mal ins Gefängnis, nachdem er vom Militärdienst desertiert war. Sieben Monate lang war er verschwunden und nicht einmal seine Mutter Iselda wusste, wo er war. Zumindest behauptete sie das.

Die Boinas Rojas vom Militär fanden Machito in einem Dorf an der Nordküste von Ciego de Ávila in der Nähe von Morón, zweihundert Kilometer von Santa Clara entfernt.

Machito lebte dort mit einer jungen Bäuerin aus der Gegend und schlug sich mit dem Erlös aus dem Verkauf von Calambuco durch. Diesen destillierte er aus Melasse, die er in der Zuckerfabrik im Dorf stahl. Er selbst erzählt, dass er mit der Menge an Calambuco, die er produzierte, den Markt in Morón versorgen und sich zusätzlich jeden Abend gemeinsam mit seiner Freundin und ihrem Bruder, der ebenfalls ein Gauner war, besaufen konnte. Die täglichen Trinkgelage gipfelten fast immer in einem Familienstreit oder in einer Auseinandersetzung mit sonst jemandem.

Eine weitere Versuchung für Machito waren sämtliche Prügeleien. Er liebte es, mit irgendjemandem Streit zu beginnen. Wenn keiner darauf einstieg, hatte er ja immer noch seine Familie, mit der er sich anlegen konnte. Er prügelte sich leidenschaftlich gern, ganz egal ob er gewann oder verlor. Schließlich kam er immer mit einem harmlosen Bruch oder einer mehr oder weniger kleinen Schnittwunde davon.

Nachdem Machito seine paar Jahre wegen der Militärdienstgeschichte abgesessen hatte, holte er Odalis, seine Freundin aus Morón, nach Santa Clara. Hier lebten sie dann zusammen, bis er erneut verhaftet wurde.

Dieses Mal wurde Machito wegen Erregung öffentlichen Ärgernisses angeklagt. Er kam aber glimpflich davon, weil damals das neue Gesetz gegen Zuhälterei noch nicht in Kraft getreten war.

Machito schickte Odalis nämlich auf den Strich. Was sie dort machte, kann man aber nicht unbedingt anschaffen nennen. Sie köderte ahnungslose Naivlinge, die sie dann gemeinsam mit Machito ausnahm.

Die Kleine, die alles andere als hässlich war, suchte

sich auf der Plaza Vidal Freier und führte sie zumeist zu irgendwelchen dunklen oder schlecht beleuchteten Plätzen in der Nähe des Stadtzentrums. Gerissen wie sie war, schaffte sie es manchmal, dass der Freier ihr eine Flasche Rum spendierte und sie sogar im Voraus bezahlte. Wenn der Mann dann schon heiß war, tauchte entweder Machito auf und täuschte eine Eifersuchtsszene vor oder die kleine Hure haute einfach mit der Beute ab und ließ den Freier mit heruntergelassener Hose zurück.

An einem Samstagabend sollte ein halb besoffener Bauer aus Manicaragua ihr Opfer sein. Odalis flüchtete mit der Beute, doch der Bauer verfolgte sie bis zur Plaza Vidal, wo er sie dann auch einholte. Als er sein Recht einforderte, tauchte Machito auf und es kam zu einer wüsten Schlägerei. Der Bauer schlug Machito fast bewusstlos. Wäre die Polizei nicht gekommen, hätte er ihn umgebracht.

Damals buchteten sie Machito für sechs Monate ein. Während seines Gefängnisaufenthalts wurde ihm sein gebrochener Backenknochen operiert und er bekam eine Zahnprothese.

Als Machito wieder rauskam, war Odalis verschwunden. Sie hatte gesagt, sie würde in ihr Dorf zurückgehen. In dieser Zeit begann Machito, wie ein Verrückter Pillen zu schlucken und sich mit jedem im Viertel anzulegen, so als ob er darin seinen neuen Lebensinhalt gefunden hätte.

Ein Schlüsselbeinbruch, der Verlust des kleinen Fingers der linken Hand durch einen Machetenhieb und eine Wunde an der Stirn, die von einem Schlag mit einem Ziegelstein stammte und mit zehn Stichen genäht werden musste, waren die Ausbeute jener Monate.

Eines Tages verschwand er aufs Neue.

Neuigkeiten von Machito gab's erst wieder, als die Nachricht von seiner Verhaftung in Morón das Präsidium erreichte.

Er hatte dort nach Odalis gesucht und erfahren, dass sie in Havanna auf den Strich ging. Die einzige Möglichkeit, seine Ehre zu retten, war also, sich mit seinem Exschwager anzulegen.

Mit ein paar Parkisonil im Blut konnte er sich kaum gegen Odalis' Bruder und dessen Cousins, die ihm zu Hilfe kamen, verteidigen. Er wurde so lange verprügelt, bis die Polizei kam und ihn verhaftete.

Da der Streit im Haus des Mädchens stattgefunden hatte, bekam er abgesehen von den Schlägen noch ein paar Jahre wegen Hausfriedensbruchs aufgebrummt. Das war genug Zeit, um seine Arm-, Rippen- und Schlüsselbeinbrüche verheilen zu lassen.

Der Bruder von Odalis hatte nämlich hart zugeschlagen.

Machito hatte für jeden Monat, den er im Knast gesessen hatte, eine Narbe am Körper.

In der Nacht, in der Cundo umgebracht wurde, saß Machito gerade den dritten Monat seiner vierten Haftstrafe ab – diesmal wegen Diebstahls.

Er war bei niemand Geringerem als bei La Nena vom Wachdienst des Comités eingebrochen – angeblich gemeinsam mit Kiko Empanada.

Sie brachen die Tür auf und nahmen ein zweihundert Pfund schweres Schwein mit.

La Nena hielt das Schwein in einer Art Kiste.

Es war ein Verschlag aus Stahlbetonteilen. Ein Gitter aus fingerdicken Metallstäben bildete den Deckel und dieser war mit zwei amerikanischen Vorhängeschlössern gesichert, was die Besitzerin ruhig schlafen ließ. Das war aber noch lange nicht alles. Der Stall wurde zudem noch von Nenas Wachhund Hassan bewacht. Hassan war im Viertel zwar nicht für seine Bissigkeit bekannt, dafür umso mehr für sein stundenlanges Bellen. Dieses Problem konnte relativ leicht mit Hilfe eines mit Zitrone, Knoblauch und mehreren Schlaftabletten marinierten Beefsteaks gelöst werden.

Die Tür hielt dem Bohrer nicht stand.

Alles geschah in völliger Stille, in einer Nacht, in der La Nena die Konditorei bewachte: ein Gebäude der Kategorie „wichtige wirtschaftliche Projekte".

Ein weiteres, mit Zucker und Wasser vermischtes Päckchen Schlaftabletten war ein köstliches Erfrischungsgetränk für das Schwein, das sofort einschlief.

Da es nicht möglich war, das Gitter aufzubrechen –

es sei denn mit einem Schweißbrenner –, wurde Machito kurzerhand zum Chirurgen: Er steckte das Messer durch die Gitterstäbe und zerstückelte das Tier, sodass am Ende in der Kiste nur noch die Eingeweide und der riesige Schädel übrig waren.

Am Morgen, als La Nena ihr Schwein füttern wollte, sah sie, was passiert war.

Obwohl das Halten von Schweinen in der Stadt verboten ist und das Vergehen mit der Beschlagnahmung des Schweins oder mit einer Geldstrafe geahndet wird, zeigte La Nena den Raub an und sagte aus, dass ihr Bruder das Schwein in jener Nacht aus der Provinz zu ihr gebracht hatte, um es am nächsten Tag zum Tierarzt zu bringen.

Und wer in diesem Viertel zweifelt schon an La Nenas Ehrlichkeit!

Niemand hätte Machito etwas nachweisen können, wenn er das Schweinefleisch nicht an der Hauptkreuzung des Viertels verkauft hätte.

Es heißt, dass Kiko Empanada das gesamte Schweinefett für seine Frittenbude behielt.

Als Machito überführt wurde, nahm er die gesamte Schuld auf sich und war überglücklich, fünf Jahre im Gefängnis verbringen zu dürfen.

Chago el Buey hatte Machito nie in seinem Haus haben wollen. Er betonte immer wieder, dass sein Haus kein Heim für Straftäter sei.

Trotzdem hatte Iselda durchgesetzt, dass ihr Mann ihm ein Zimmer auf der Dachterrasse ausbauen ließ, damit der Junge die wenigen Tage, die er nicht im Gefängnis saß, dort wohnen konnte.

Jetzt war auch Machito eines der Puzzleteile im Fall Cundo.

Nachdem ich die Informationen von El Gordillo mit dem kombiniert hatte, was ich bereits vor dem Gespräch mit ihm herausgefunden hatte, hielt ich fest:

Pepe la Vaca machte Geschäfte mit Chago el Buey.

Pedro Pechoemulo kontrollierte das Pillengeschäft im Viertel.

In der Nacht, in der Cundo umgebracht wurde, war Pedro Pechoemulo im Zimmer des Alten gewesen.

In derselben Nacht war Machito, der die Pillen im Gefängnis verkaufte, ausgebrochen.

Pepe la Vaca war unauffindbar.

Rosa María hatte man einige Parkisonil-Pillen abgenommen. Auch sie war in jener Nacht in Cundos Zimmer gewesen.

Das waren die Teile, die ich in der Hand hatte, um das Puzzle richtig zusammenzusetzen.

In diesem Viertel sind alle verrückt.

Mit diesen Puzzleteilen, die ich im Kopf zusammenzufügen versuchte, kam ich aufs Revier. César empfing mich deutlich zufriedener als das letzte Mal.

„Hast du etwas erreicht?“, fragte ich ihn.

„Wir haben Pechoemulo. Er saß seelenruhig zu Hause. Anfangs behauptete er, er wüsste von nichts, wie es ja alle tun. Aber nachdem ich ihm die Ohren lang gezogen hatte, packte er aus.“

Ich ging davon aus, dass das mit dem Ohrenlangziehen bildlich zu verstehen war. Trotzdem spürte ich, wie mir die Schamesröte ins Gesicht stieg.

„Und was hat er gesagt?“

„Er gab zu, dass er den Parkisonil-Verkauf im Viertel kontrolliert. Irgendein Typ besorgt sie ihm aus den Lagern der Gesundheitszentren. Er heißt Frank und sie nennen ihn La Puerca.“

César war so stolz auf seine Informationen, dass ich ihm einfach nicht sagen konnte, dass ich das alles – und sogar ein bisschen mehr – längst wusste.

„Ein komischer Vogel, dieser Pechoemulo. Wenn du wüsstest, mit welchem Stolz er das alles zugegeben hat. Er hat sich sogar mit einem gewissen Santos Traficante verglichen, der angeblich einer dieser harten Kerle aus dem Drogengeschäft der amerikanischen Mafia war. Ist der eigentlich noch ganz dicht?“

„Ja, der ist einfach so.“

„Sollen wir diesen Frank la Puerca suchen?“

„Ich glaube, dass wir uns das mit den Lagerdiebstählen für später aufheben können. Was hat Pechoemulo sonst noch gesagt?“

„Er sei gestern Nacht in Cundos Zimmer gewesen

und habe Rosa María gesucht, um mit ihr ins Bett zu steigen. Sie kamen miteinander ins Geschäft für fünf Paco-Tabletten. Du weißt ja, dass sie zu Parkisonil Paco sagen, oder?"

„Nein, das wusste ich nicht". Ich log ihn an, um sein Ego zu stärken.

César plusterte sich auf und erzählte weiter: „Er sagt, er habe sie gleich dort gevögelt. Blanquita sei ziemlich besoffen gewesen und habe sowieso nichts mitbekommen und die anderen seien kurz hinausgegangen, um sie nicht zu stören. Als Cundo zurückkam, spielten sie noch ein bisschen Domino und tranken Calambuco."

Das hatte ich nicht gewusst, aber ich konnte mir gut vorstellen, dass es so gewesen war.

„Hat Pechoemulo dir etwas über Pepe verraten?"

„Dass er auch im Zimmer war und dann mit den anderen hinausging, um ihn mit der Nutte allein zu lassen. Später dann sei Cundo ohne die anderen zurückgekommen. Pepe habe er danach nicht mehr gesehen."

„Wie spät war es, als Pechoemulo das Zimmer verließ?"

„Er sagt, gegen eins. Er ging, weil ihn das Dominospiel langweilte. Er trinkt ja keinen Calambuco und die Nummer mit der Hure war auch schon gelaufen. Deshalb ließ er Cundo mit der besoffenen Alten allein. Rosa María sei schon vorher gegangen, um auf den Strich zu gehen."

„Und was hat Rosa María gesagt?"

„So ziemlich das Gleiche. Die Kleine weiß, wie man sich verteidigt. Sie sagt, sie sei keine Hure, sie habe sich letzte Nacht mit Pechoemulo bei Cundo getroffen, und da sie einander gefallen würden, hätten sie miteinander geschlafen. Denn schließlich und endlich mache sie es, mit wem sie wolle, in dieser Hinsicht sei Kuba ja ein freies Land. Sie sagte auch, dass ihr Pechoemulo zum Dank Pillen geschenkt habe und dass sie damit nicht dealt, wofür wir auch keine Beweise hätten. Sie würde sie nur nehmen, um sich gut zu fühlen. Was hältst du davon?"

Ich dachte einige Augenblicke nach und versuchte, die Puzzleteile richtig zusammenzusetzen.

„Für mich ist die Sache klar", fuhr César enthusiastisch fort. „Dieser Dürre war es. Er hat den Alten umgebracht und es ist sehr wahrscheinlich, dass die kleine Hure seine Komplizin war. Jetzt müssen wir nur noch zwei Dinge herausfinden, um das beweisen zu können: das Motiv und die Rolle, die dein Kumpel Pepe la Vaca in dieser Geschichte spielt."

Ich war nahe dran, César wieder einmal über die Folgen seines überschwänglichen Enthusiasmus aufzuklären, auf die man ihn im Ausbildungskurs für Offiziere und Kriminalbeamte schon so oft hingewiesen hatte, ich konnte mich aber noch einmal zurückhalten. Wenn er es damals nicht gelernt hatte, würde er es auch jetzt nicht lernen.

„Das ist ja fast gar nichts", erwiderte ich. Er bemerkte sofort den ironischen Tonfall.

„Hast du eine andere Hypothese?", fragte er mich schulmeisternd.

„Hör zu, Pechoemulo hat dir nicht alles gesagt und Rosa María auch nicht. Sie haben das Wichtigste ausgelassen."

„Und was ist das Wichtigste?"

„Machito."

„Machito?"

„Ein Typ, der im Gefängnis sitzt. Er kauft Paco-Tabletten von Pechoemulo und verkauft sie dann im Knast weiter. Da drinnen sind sie Gold wert."

„Aber wenn dieser Typ schon sitzt …"

„Er ist letzte Nacht ausgebrochen", unterbrach ich ihn. „Und das scheint etwas ganz Normales zu sein."

„Und woher weißt du das?"

„Das Viertel ist ein Ungeheuer, mein Freund. Ein Ungeheuer mit tausenden Augen und Ohren. Machito ist außerdem der Stiefsohn von Chago el Buey, dem ekelhaftesten und ausgekochtesten Arschloch im ganzen Viertel. Was sagst du dazu?"

Nun war es César, der einen Augenblick lang nachdachte. Schließlich sagte er: „Und Pepe la Vaca?"

„Pepe versteckt sich wegen Chago el Buey. Heute Morgen war er beim Busbahnhof, als Chago nach ihm schickte. Ich kann mir schon vorstellen, was da vor sich geht."

„Pepe la Vaca, Frank la Puerca, Chago el Buey, Pedro Pechoemulo – dein Viertel ist ja der reinste Zoo!"

Anscheinend war César ausnahmsweise zu Scherzen aufgelegt.

„Hör zu“, sagte ich mit strengem Unterton, „lass nach Chago suchen. Ambrosio, mein Assistent, kann dir zeigen wo. Ruf die Leute vom Gefängnis an und frag nach Machito, eigentlich heißt er Ramón Alegre. Sobald die beiden da sind, wartet ihr hier auf mich.“

„Und wohin gehst du?“

„Du wolltest doch Pepe la Vaca haben, oder? Also geh ich ihn jetzt holen. Spätestens in einer Stunde bin ich zurück.“

Ich ging hinaus und ließ César mit der Aufgabe zurück, die Crème de la Crème von vier Generationen meines Viertels ausfindig zu machen.

Ich werde warten

Ich nahm an, dass Pepe bei Luisa war.

Luisa hatte früher einmal im Viertel gewohnt.

Sie hatte dort ihre Kindheit verbracht. Sie war meine erste Freundin gewesen. Ich erinnere mich, wie ich sie zur Schule begleitete, als wir in die fünfte und sechste Klasse gingen. Abseits vom Rest der Clique, aber ohne Händchen zu halten. Wir besuchten gemeinsam die Oberstufe, verloren uns dann aber aus den Augen, weil man ihrer Familie eine Wohnung in Bengochea zuwies und sie mit einem Stipendium aufs Land schickte.

Ein paar Jahre später erfuhr ich, dass Luisa nach dem Abitur geheiratet hatte. Ihr Mann war ein Schwarzer, der den feinen Herrn spielte, weil er aus Havanna kam. Er wurde nach Santa Clara versetzt, um dort eine Führungsposition zu besetzen.

Das alles wusste ich von Manolito el Buty, der in der Kommunistischen Jugend schon eine leitende Position hatte.

El Buty war Trauzeuge bei der Hochzeit, weil er ein Arbeitskollege des Schwarzen und seit Kindertagen ein Freund von Luisa war.

„Ich weiß, dass du Luisas Freund warst“, verteidigte sich El Buty, „trotzdem kannst du mir nicht böse sein, nur weil ich Trauzeuge war. Die Welt ist dialektisch, alles verändert sich. Außerdem sind Machogehabe und

Eifersucht längst überholt. Wir gehören einer neuen Generation an. Und Alberto ist ein toller Kollege."

Luisa war mir scheißegal und Alberto noch viel mehr, aber es störte mich trotzdem, dass El Buty Trauzeuge bei dieser Hochzeit gewesen war. Und was mich am meisten aufregte, waren die Heucheleien, die ich mir von ihm anhören musste.

Von El Buty erfuhr ich auch, dass dieser Kerl, dieser tolle Kollege, nicht erlaubte, dass sich Luisa an der Universität einschrieb. Er ließ sie lieber als Sekretärin in einem Parteibüro arbeiten, wo er sie gut unter Kontrolle hatte.

Sie habe sich ihre Haare gefärbt und sehe jetzt klasse aus, fast wie eine Weiße, sagte El Buty.

El Puchy, Luisas Cousin mütterlicherseits, hatte Luisa ein paar Mal besucht. Am öftesten aber hatte sie Pepe, ein Cousin väterlicherseits, besucht.

Ich selbst hatte sie nie mehr gesehen, bis sie eines Sonntags im Viertel auftauchte.

Luisa hatte sich gerade von ihrem Mann getrennt. Der Typ war als irgendein Vizeminister mit einer Geliebten nach Havanna zurückgekehrt. Die Kleine war weiß, blond und hatte gerade die Schule abgeschlossen. Luisa hatte er als Entschädigung jede Menge Kontakte zur Regierung und zur Partei sowie die Wohnung in dem zwölfstöckigen Wohnblock vermacht.

An jenem Sonntag fand wie fast jeden Sonntag bei El Puchy ein Fest statt. Ich ging hin, um dem grauen Arbeitsalltag zu entkommen.

Mariana wollte mich nicht begleiten, sie war müde und musste noch bügeln und das Essen für Yanet machen. Mir war es egal, ob sie mitkam oder nicht. Zu dieser Zeit hatte unsere letzte Krise schon begonnen.

Als Luisa El Puchys Wohnung betrat, erkannte ich sie nicht wieder. Man hatte mir zwar gesagt, dass sie sich sehr verändert habe und toll aussehe, aber ich hätte nie gedacht, dass die Veränderung so gewaltig sein könnte.

El Puchy stellte uns vor und sagte: „Das ist Luisa", als ob er zwei Leute miteinander bekannt machen würde, die sich noch nie zuvor gesehen hatten.

Ich forderte sie zum Tanz auf.

Zuerst spielte man einen ruhigen Bolero. Befangen lächelten wir uns an. Dann folgte ein Son und als wir in der Gruppe einen Casino tanzten, berührten mich bei den Drehungen manchmal ihre Pobacken.

Es folgte ein Merengue. Ihre Schenkel umschlossen mein Bein und ich spürte die Leidenschaft und die Versuchung, die von dem sanften Hügel zwischen ihren Beinen ausging.

Der nächste Bolero war schnulzig und eindeutig. Der Raum lag im Halbdunkel. Nach dem Tanz gingen wir auf den Gang hinaus, um uns zu unterhalten. Dort war es noch dunkler.

„Kubanische Nacht, schwarze Schönheit, sinnliche

Frau", hörte man die Musik. Ich sah ihr in die Augen. In ihre Sternenaugen. Sie presste sich an mich: Sie war heiß. Tropisch heiß.

Wir verloren uns in den dunklen Tiefen des Korridors.

Als Luisa sich in jener Nacht verabschiedete, hatte sie schon alle Arten von Calambuco durchprobiert, die im Viertel hergestellt werden. Ich erklärte ihr einige mögliche Kombinationen der kubanischen Lotterie Charada, die ich unter Anleitung meines Assistenten Ambrosio Carabina gerade lernte. Sie lud mich dann ihrerseits auf eine Flasche guten Rum und eine Partie Monopoly bei ihr zu Hause ein. Ich könne mir die Nacht aussuchen.

Als sie ging, küsste sie mich zum Abschied leidenschaftlich und flüsterte mir ihre Telefonnummer ins Ohr.

Einige Tage später fingen wir an, zusammen auszugehen.

Am ersten Abend ins Kino, dann in einen Nachtclub, beim dritten Mal gab's die versprochene Flasche Rum und andere Dinge auf dem Sofa in ihrem Haus.

Luisa war ein Traum.

Luisa war eine Wahnsinnsfrau, eine echte Mulattin, so gut im Bett wie noch keine zuvor. Mit ihren Brüsten zu spielen, zwischen ihren Schenkeln zu versinken, die geheimnisvollen Tiefen ihres prachtvollen Hinterns zu erforschen, das war die beste Möglichkeit, um alles zu vergessen: den Stress bei der Arbeit, Felas Angst, das langsame Ende meiner Ehe und den allmählichen Verlust meiner Tochter. Die ganze Scheiße, in der ich steckte.

An den Wochenenden gingen wir in irgendwelche diskreten Hotels außerhalb von Santa Clara. Die Hotelreservierung übernahm normalerweise Luisa. Sie hatte Beziehungen.

So ging das, bis ich mich von Mariana trennte.

Obwohl wir unsere Beziehung nicht publik machten, trafen wir uns jetzt öfter. Wir schrieben uns sogar gemeinsam an der juridischen Fakultät ein. Ich wurde von der Kommunistischen Jugend dazu verpflichtet und Luisa nutzte ihre neu gewonnene Freiheit, um das zu machen, was ihr dieses charakterlose Schwein so lange Zeit verboten hatte. In den Augen der Parteigenossen war der Typ, den Luisa ein charakterloses Schwein nannte, immer noch ein toller Kollege.

Luisa wohnte im dritten Stock. Ich wartete nicht auf den Aufzug, sondern lief die Treppe hoch. Ich klingelte an der Tür und sie öffnete mir sofort. Sie trug einen Morgenrock und musste es mir erst gar nicht sagen: Sie hatte auf mich gewartet.

Ich gab ihr einen Kuss und ging hinein.

„Wo ist Pepe?“

„Er ist schon vor einer Weile gegangen.“ Sie war nervös.

„Was willst du damit sagen?"

„Er war den ganzen Tag hier, aber vor einer halben Stunde ist er gegangen."

„Wo ist er hin?"

„Pepe wird von hier verschwinden, Leo."

„Wohin will dieser Verrückte denn?"

„Raus aus dem Land."

Ich hatte alle möglichen Szenarien durchgespielt.

Ich hatte alle Puzzleteile zusammengetragen und mir überlegt, wie sie zusammenpassen könnten. Und jetzt, als ich kurz davor war, das entscheidende Teilchen einzufügen, kam diese Überraschung.

Ich fühlte mich, als ob mir jemand einen Kübel kaltes Wasser über den Kopf geschüttet hätte, und ich wollte so schnell wie möglich etwas gegen diesen Schock tun, der mir die Laune verdarb.

„Gib mir irgendetwas zu trinken", bat ich sie und setzte mich aufs Sofa.

Luisa ging zur Bar und kam mit einer Flasche Havana Club zurück, die wir am Abend davor nur zur Hälfte geleert hatten. Sie schenkte uns zwei Gläser ein und setzte sich neben mich.

Ich leerte mein Glas in einem Zug und schenkte mir erneut ein.

„Kannst du mir das erklären, Luisa?", fragte ich sie.

„Da gibt es nichts zu erklären. Er haut ab. Er fährt auf einem Boot nach Miami. Er hat gesagt, dass er schon immer davon geträumt habe und dass das wahrscheinlich die einzige Gelegenheit in seinem Leben sei, diesen Traum zu verwirklichen."

„Weißt du, dass Cundo umgebracht wurde?"

„Ja."

„Weißt du, dass Pepe der Hauptverdächtige ist? Warum zum Teufel hast du ihn gehen lassen?

„Er hat etwas für dich hier gelassen."

Luisa gab mir ein zerknittertes, doppelt gefaltetes Blatt Papier. Ich las:

„Leo, du weißt, dass ich es nicht war. Aber ich musste diese Chance nutzen. Vielleicht hab ich dort Glück. Schlimmer als hier kann es nicht werden. Ich werde die Freunde vermissen."

„Er war den ganzen Abend hier. Er wusste nicht, was er machen sollte, er wollte sich von dir verabschieden, aber gleichzeitig ging er dir aus dem Weg. Er wusste, dass du kommen würdest, um ihn zu holen. Bevor es so weit war, gab er mir einen Kuss und ging. Er sagte, Chago el Buey würde ihm die Bootsfahrt zahlen, weil sie einen Deal hätten. Das Boot fährt morgen früh von Caibarién ab."

„Wen zum Teufel will dieser verdammte Idiot denn decken?"

Luisa fing an zu weinen. Die Gefühle, die sie den ganzen Tag unterdrückt hatte, brachen jetzt mit den ersten Tränen wie ein Sturzbach aus ihr heraus. „Ich habe ihm gesagt, er soll diesen Irrsinn sein lassen."

Ich nahm noch einen Schluck. Unter Tränen verlor

sich Luisa in sinnlosen Fragen: „Was wird dieser Verrückte dort machen? Kannst du denn nicht etwas unternehmen, Leo? Wie konnte sich Pepe in diese Sache nur reinziehen lassen, wo er doch so ein herzensguter Mensch ist? Wenn er es nicht war, wer war es dann? Wieso musste Pepe weg? Wieso? Warum?“

Ich versuchte ihr nicht zuzuhören. Es ist immer eine Qual, sich das Gejammer einer Frau anhören zu müssen. Vor allem, wenn es die eigene Frau ist. Einer anderen gibt man eine Ohrfeige und sie beruhigt sich wieder, aber mit der eigenen ist es schwieriger.

„Dein Gejammer hilft uns auch nicht weiter“, sagte ich.

Sie versuchte sich wieder zu fangen. Zum Glück ist Luisa keine dieser klassisch hysterischen Frauen.

„Was hast du jetzt vor?“, fragte sie mit unterdrücktem Schluchzen.

Ich hatte Pepes Zettel in meiner Tasche. Ich wusste nicht genau, was ich machen sollte. Mir war nur eines klar: Pepe la Vaca hatte einen Lebenstraum. Trotz allem hatte er diesen Traum und ich würde nicht derjenige sein, der ihn ihm vermasselte.

„Pepe ist der Hauptverdächtige, weil er unauffindbar ist“, erklärte ich Luisa. „Wenn Pepe nicht mehr auftaucht, ist es ein Kinderspiel, ihm den Mord anzuhängen. So wären alle glücklich und zufrieden. Außerdem würde sich die Polizei einen Haufen Arbeit ersparen. Aber die Sache ist die: Erstens hat Pepe Cundo nicht umgebracht und zweitens will ich nicht, dass man ihn für den Schuldigen hält. Vor allem aber versucht Chago el Buey, den wahren Täter zu decken. Und dass diesem Hurensohn das gelingt, will ich am allerwenigsten."

Ich schenkte mir noch ein halbes Glas Rum ein, trank es aus und stand auf.

„Ich geh aufs Revier", sagte ich und war schon auf dem Weg zur Tür.

„Ich begleite dich", sagte Luisa. Sie eilte in Richtung Schlafzimmer und streifte sich im Laufen den Morgenrock ab.

Ich ging nach draußen.

Nach dem Gejohle der Fans zu urteilen, war im Baseballstadion gerade ein gutes Spiel im Gange. Ich dachte daran, wie lange ich nicht mehr im Stadion gewesen war, und verfluchte den Tag, an dem ich Polizist geworden war.

Traurig, einsam und dem Ende nah

Wir gingen ohne große Eile aufs Revier. Als wir am Nachtclub El Bosque vorbeikamen, übertönte die schrille Musik das Geschrei der Fans im Stadion.

Wie jedes Mal, wenn ich an diesem Club vorbeigehe, musste ich an die laute, sich entfernende Sirene und an den sterbenden Pinky mit seinem zerfetzten Oberkörper denken.

Tod und Trennung sind ein und dasselbe. Die Einsamkeit ist mit beiden verwandt.

Cundos Leiche, einsam und verlassen in seinem Zimmer mitten in der morgendlichen Kälte, und Pepe la Vaca allein auf einem Bürgersteig in Miami, ohne einen Freund, dem er noch einmal die Geschichte von der Betonrohrbewachung in der Wüste von Angola hätte erzählen können. Allein, ohne einen Freund, mit dem er einen Schluck vom schlechtesten Calambuco der Welt hätte trinken können. Pinky, begraben auf dem Friedhof von Santa Clara, sechshundert Kilometer entfernt von seiner Geburtsstadt, sechshundert Kilometer entfernt vom Grab seiner Mutter.

Und ich ging durch die Straßen mit einer Frau, die versuchte, ihre kalte Hand unter meinen Arm zu schieben. Mit einer Frau, die – und da war ich mir sicher – nicht die restlichen Nächte meines Lebens neben mir schlafen oder mir Kinder gebären würde, wie es jede andere Frau in meinem Viertel hätte tun können. Und im Alter würde sie bestimmt nicht neben mir sitzen, mit mir alte Fotos anschauen und Geschichten erzählen.

Ich ging mit einer Frau durch die Straßen, die nichts mit mir zu tun hatte, die mir nicht gehörte und der ich nicht gehörte, der es lediglich gefiel, mir ihre Macht zu demonstrieren, mich mit ihren weiblichen Reizen zu erobern. Mit einer Frau, die mich mit kleinen Geschenken und Sex um den Finger wickelte. Und mit ihrer Gesellschaft, wenn ich sie brauchte, und auch wenn nicht: wie jetzt, als ich neben ihr herging und mich traurig, einsam und dem Ende nah fühlte.

Mittlerweile waren wir auf dem Revier angekommen.

Luisa blieb im Vorzimmer stehen, ich ging in Césars Büro.

César saß auf dem Sofa und rauchte. Als er mich hereinkommen sah, sprang er auf.

„Und was ist mit Pepe la Vaca?"

Es war, als ob er in seiner ganzen polizeilichen Laufbahn nie etwas anderes gelernt hätte, als nach Pepe la Vaca zu fragen.

„Sind die anderen schon hier?", fragte ich anstatt zu antworten.

„Ja, alle. Ich hab auf dich gewartet, um mit den Verhören anzufangen. Aber jetzt sag schon, wo steckt dieser Pepe?"

„Nicht hier. Er kommt nicht."

„Was sagst du da?"

„Dass er nicht kommen wird. Er ist verschwunden."

„Es reicht, Leo! Dieser Typ versteckt sich schon den ganzen Tag und du tust nichts anderes, als ihn zu decken. Und dann versprichst du, dass du ihn mir bringst und tauchst hier mit der Nachricht auf, dass er nicht kommt. Sag mir jetzt endlich, was mit diesem Pepe la Vaca los ist!"

Normalerweise findet César auch jene Dinge heraus, die ihn nichts angehen.

„Ich weiß, du deckst ihn, weil er dein Freund ist. Ich glaube ja auch nicht, dass er den Alten umgebracht hat. Aber dass er etwas mit der Sache zu tun hat, das weißt du so gut wie ich."

„Chago hat ein Wettbüro für La Bolita. Pepe ist einer seiner Buchmacher", verriet ich ihm, um ihn ein wenig zu beruhigen. „Ich dachte, ich könnte ihn bei einer gewissen Person zu Hause finden, aber ich habe mich wohl geirrt. Ich habe keine Ahnung, wo er sich verkrochen hat."

„Ich kenn dich, Leo Martín. Du lügst. Sag mir, wo er steckt!"

„Setz doch deine Leute auf ihn an."

„Hör mit diesem Mist auf! Du behinderst die Ermittlungen, verdammt."

„Ist ja schon gut."

„Aber du bist dafür verantwortlich, wenn …"

„César, Pepe hat mit diesem Mord überhaupt nichts zu tun. Beruhige dich. Ich hab dir schon gesagt, weshalb er sich versteckt hält. Er ist Buchmacher für Chago el Buey. Er weiß, dass Chago etwas mit der Sache zu tun hat, und hat Angst, dass der Alte mehr auspackt, als er sollte. Chago hat ihn heute früh suchen lassen. Wahrscheinlich um ihm zu drohen. Dieser Wichser Chago hat verdammt viel Macht im Viertel. Er weiß mehr, als du dir vorstellen kannst. Den müssen wir uns vorknöpfen."

César drehte eine kleine Runde im Zimmer und blieb dann direkt vor mir stehen.

„Und jetzt?"

„Gib mir eine halbe Stunde. Ich werde mit Chago el Buey reden. Ich weiß, wie man mit solchen Typen umgehen muss, und kann die Wahrheit aus ihm herausholen. Gib mir nur eine halbe Stunde und ich werde dir den Schuldigen auf einem Silbertablett präsentieren."

„Und wenn sich doch herausstellt, dass dein Pepe la Vaca der Schuldige ist?"

„Glaub mir, er ist es nicht. Wenn er es wäre, würde ich ihn dir aushändigen. Schließlich wissen wir beide, dass hier keiner entkommt."

César sah auf seine Uhr, dann zur Decke. Er strich sich mit der Hand über die Stirn und sah wieder auf die Uhr.

„Na gut. Eine halbe Stunde, okay?"

Ich blieb allein im Büro und zündete mir eine Zigarette an. Dabei hätte ich jetzt einen Schluck gebraucht. Einen kräftigen Schluck. Egal wovon.

Ein Polizist führte Chago el Buey herein.

Ich konnte Chago überhaupt nicht leiden und war mir sicher, dass ich ihm auch alles andere als sympathisch war. Und schon gar unter diesen Umständen.

Ich bat den Polizisten, ihm die Handschellen abzunehmen und dann wieder zu gehen.

Ich hatte in gut drei Metern Entfernung von mir einen Stuhl hingestellt.

„Setz dich!", sagte ich verächtlich.

Vorsichtig setzte sich der Fettwanst auf den Stuhl.

„Reden wir Klartext, Chago. Ich möchte nicht meine kostbare Zeit mit dir verschwenden. Und du hast mir einiges zu erzählen."

„Ich habe dir nichts zu sagen. Ich bin ein anständiger Arbeiter, der sein ganzes Leben lang Opfer gebracht hat, um das zu bekommen, was ich jetzt habe. Und niemand kann sagen, dass ...", fing er an, seinen auswendig gelernten Vortrag herunterzuleiern, bis ich ihn unterbrach.

„Hör zu, Chago, du hast Cundo umgebracht."

„Du bist wohl verrückt!"

„Falls du's nicht warst, weißt du, wer es getan hat. Und das musst du mir sagen."

„Du bist verrückt, Junge. Du weißt nicht, was du sagst. Ich hab mit diesen Leuten nichts zu tun. Such woanders und lass mich in Ruhe."

„Nein, Chago, ich werde dich nicht in Ruhe lassen. Und du wirst jetzt endlich auspacken."

„Das Einzige, was ich dir sagen kann, ist das, was schon das ganze Viertel weiß. Das ist eine Angelegenheit der Typen, die mit ihm gesoffen haben. Alle sagen, dass Pepe la Vaca auf der Flucht ist. Das wird kein Zufall sein. Ermittle doch. Ich weiß gar nichts."

„Bist du dir da sicher?"

„Ganz sicher."

„Wenn das so ist, bin ich hier wohl der Einzige, der etwas weiß. Ich werde dein Gedächtnis ein wenig auffrischen und dir einige Sachen erzählen, die ich weiß. Zum Beispiel, dass du heute in aller Früh nach Pepe suchen ließt. Muss ich dir sagen warum? Gut, ich werde es dir sagen: Du hast nach ihm suchen lassen, um ihn zu bitten, den Mord an Cundo auf sich zu nehmen. Du wolltest ihn gut dafür bezahlen, du wolltest ihm dafür etwas ermöglichen, was Pepe allein nie geschafft hätte, nicht einmal, wenn er ein Leben lang als Buchmacher in deinem Wettbüro gearbeitet hätte: die Ausreise. Morgen früh wird ein Boot von Caibarién nach Miami fahren."

Wir schwiegen uns einige Augenblicke an. Ich rauchte meine Zigarette zu Ende und blies ihm den Rauch direkt ins Gesicht.

„Wenn du das schon weißt, dann schnapp ihn dir doch. Du wirst schon sehen, dass dieser Säufer zugeben wird, dass er Cundo umgebracht hat."

Ich lächelte. „Das könnte durchaus sein. Ich weiß, dass du dir sicher bist, dass es so sein wird. Pepe ist ein richtiger Mann – was man von dir nicht unbedingt behaupten kann. Und er würde schon aus Prinzip nie jemanden aus dem Viertel verpfeifen. Schon gar nicht einen, mit dem er eine Abmachung hat. Pepe ist dazu fähig, alle Schuld an Cundos Tod auf sich zu nehmen, weil er mit dir eine Vereinbarung getroffen hat. Er nimmt den Mord auf seine Kappe und du bringst ihn dafür aus dem Land."

„Du kannst gern solche Vermutungen anstellen, aber wenn er sich schuldig bekennt, kann keiner etwas dagegen machen. Das ist seine Sache."

„Pepe ist ein richtiger Mann. Bevor man ihn im Viertel für einen Verräter hält, nimmt er lieber einen Mord auf sich, den er gar nicht begangen hat, und damit den Knast in Kauf."

„Das ist seine Sache, nicht meine. Was willst du von mir?"

„Wenn du nichts unternehmen willst, dann unternimm eben nichts. Ich hingegen kann sehr wohl etwas tun."

„Nämlich?"

„Ich kann dir einen Deal vorschlagen."

„Ich muss mit niemandem einen Deal machen, schon gar nicht mit der Polizei. Wenn Pepe sagt, dass er schuldig ist, dann sagt er das, weil er auch wirklich schuldig ist."

„Ich kann Pepe leicht dazu bringen, das Gegenteil zu behaupten."

„Du?" Er blickte mich spöttisch an.

„Ich kann Pepe davon überzeugen, dass du ihn betrogen hast. Das würde alles ändern. Wenn Pepe erfährt, dass du dein Versprechen nicht gehalten hast, dann ist er dir nichts mehr schuldig."

„Was willst du damit sagen?"

„Ich kann auf der Stelle veranlassen, dass die illegale Ausreise über Caibarién verhindert wird. Innerhalb einer Stunde ist alles erledigt: Wir nehmen Pepe fest und es wird für mich ein Kinderspiel sein, ihm zu beweisen, dass du ihn dazu gebracht hast, die Schuld auf sich zu nehmen, und dass du ihn trotzdem verpfiffen hast. Pepe ist ein Mann, er ist kein Idiot. Er wird aussagen, und zwar mehr als dir lieb ist. Niemand hier außer dir und mir weiß etwas von der Ausreise bei Caibarién. Wenn du auspackst, werde ich schweigen."

„Das ist kein Deal. Das ist Erpressung."

„Nenn es, wie du willst."

„Ich war es nicht. Pepe la Vaca kann sagen, was er will. Ich war es jedenfalls nicht."

„Pepe wird uns auch etwas über das illegale Geschäft mit der Lotterie erzählen. Du bekommst ein paar Jährchen aufgebrummt und wirst viel Geld verlieren."

Chago fuhr sich mit der Hand durchs Haar.

„Gib mir eine Zigarette", sagte er mehr arrogant als beunruhigt.

Ich holte zwei Populares heraus und gab ihm Feuer.

„Wer war es, Pechoemulo oder Machito?"

Der Fettwanst schaute auf seine Füße und stieß den Rauch aus. Ich setzte noch einmal an.

„Uns läuft die Zeit davon, Chago. Ich muss eine Entscheidung treffen."

„Dieses Bürschchen ist ein Dreckskerl", murmelte er vor sich hin. Dann hob er resigniert den Kopf. „Jedes Mal, wenn er sich besäuft und Pillen schluckt, verliert er den Verstand. Gestern Nacht ist ihm die Hand ausgerutscht. Ich verrate dir etwas. Ich wollte diesen Kerl nie in meinem Haus haben. Ich habe ihm gesagt, er soll sich auf der Dachterrasse ein Zimmer ausbauen, immerhin ist er der Sohn meiner Frau. Aber seine Probleme gehen mich nichts an. Ich wusste, dass es eines Tages so weit kommen würde. Er stieg sofort ins Drogengeschäft ein. Ich weiß wirklich nicht, wie er in das Gefängnis hinein- und wieder herausgekommen ist. Das interessiert mich auch nicht. Gestern Nacht wickelte er wieder eines seiner Drogengeschäfte ab. Als mich Iselda letzte Nacht um drei Uhr ganz verstört aufweckte, saß Machito im Wohnzimmer. Er weinte und sagte, er habe einen Mann getötet. Er sagte, dass er am Abend in Cundos Haus irgendein Geschäft abgewickelt habe und dann später noch einmal zu dem Alten zurückgekehrt sei, um mit ihm noch etwas zu trinken. Nachdem sie die Flasche geleert hatten, bat er Cundo noch um etwas Geld, um Nachschub zu holen. Cundo aber behauptete, keines zu haben. Daraufhin begannen sie zu streiten und er verpasste dem Alten eins mit dem Türriegel.

Nachdem er mir das erzählt hatte, hätte ich die Polizei rufen sollen, denn im Grunde sitzt er lieber im Knast als auf der Straße. Aber Iselda fing an zu weinen und ich selbst wollte meiner Familie diesen Skandal ersparen. Dann kam mir die Idee mit Pepe la Vaca und ich rief ihn an. Machito hatte mir gesagt, dass Pepe in dieser Nacht bei Cundo gewesen war, und Pepe hatte mir schon vor längerem gesagt, dass er das Land verlassen wolle. Alles andere weißt du bereits. Ich weiß, dass ihr Cundos Freunde wart, und ich weiß auch, dass Pepe wie ein Bruder für dich ist. Ich wollte ihm ja nur helfen. Wir hatten eine Abmachung." Er hielt inne, senkte wieder den Kopf und schwieg.

„Ist das alles?"

„Ja."

„Sicher?"

„Es war Machito. Lass ihn holen."

Ich stand auf und rief den Wachdienst durch die Sprechanlage.

Es waren erst zwanzig Minuten vergangen, seit César mich mit Chago im Büro zurückgelassen hatte.

Epilog

Alle bekamen ihre gerechte Strafe. Außer Chago el Buey.

Pedro Pechoemulo würde wegen der Pillen sitzen, Frank la Puerca ebenfalls.

Rosa María kam in eine dieser Besserungsanstalten, in der man sie immer noch davon überzeugen will, dass Prostitution etwas Verwerfliches ist.

Machito gestand den Mord. Seine Aussage deckte sich in etwa mit der von Chago el Buey.

Trotzdem spürte ich, dass sich ein Teil noch nicht richtig in das Puzzle einfügte. Ich wusste aber nicht, welcher es war, und ich war todmüde.

Um Mitternacht kam Iselda mit einem gemieteten Auto aufs Revier, um Chago el Buey abzuholen. Mit geschwellter Brust und einem Lächeln, das mich zur Weißglut brachte, verließ der Hurensohn das Präsidium.

Später, beim Prozess, erschien er nicht einmal als Zeuge.

César erwähnte Pepe la Vaca nicht mehr. Plötzlich hatte er ihn vergessen. Er fragte mich nie wieder nach ihm. Keine Rede mehr davon, dass er ihn für seinen Bericht brauchte.

„Wenn du willst, kannst du gehen. Ich kümmere mich um den Papierkram.“

Im Vorzimmer saßen Luisa und Blanquita.

Luisa erwartete mich ungeduldig. Blanquita kauerte am Boden und sah zu mir hoch.

„Es ist besser, wenn du heute bei mir schläfst", sagte Luisa.

„Ich möchte lieber ins Viertel."

„Und Pepe? Was wird jetzt aus ihm?"

„Er wird keine Probleme bekommen. Geh jetzt. Morgen erzähl ich dir alles."

„Leo."

„Geh schon, verdammt noch mal!"

Sie drehte sich beleidigt um und ging.

Ich reichte Blanquita die Hand und half ihr aufzustehen. Sie war nicht mehr betrunken und konnte allein gehen, trotzdem legte ich ihr meinen Arm um die Schultern und sie mir den ihren um die Hüfte.

Die Straße war menschenleer. Wir gingen zu Fuß. Blanquita sang leise, ich dachte nach.

Ich dachte darüber nach, warum ich verdammt noch mal zur Polizei gegangen war. Zehn Jahre waren vergangen und ich hatte immer noch keine Antwort auf diese Frage gefunden.

Seit meinem ersten Arbeitstag zermartere ich mir wegen derselben Frage das Hirn.

„Warum zum Teufel bist du zur Polizei gegangen?" Ich weiß nicht, wie oft mich Mariana das gefragt hatte.

„Kannst du nicht etwas anderes machen?", war das Erste, was Fela an jenem Nachmittag gesagt hatte, als Pinky und ich mit dem Formular nach Hause gekommen waren. Und dann jeden Tag die gleiche Frage: „Wie lange willst du das noch machen, Junge?“

Jetzt sagte Luisa und es klang wie ein Ratschlag: „Sobald du Jurist bist, kannst du die Polizei zum Teufel jagen und dir eine anständigere, ruhigere Arbeit suchen.“

Nicht einmal ich selbst weiß, warum in Gottes Namen ich zur Polizei gegangen bin.

In meinem ganzen Leben wäre es mir nicht eingefallen, zur Polizei zu gehen, weil es auf der Straße so viele Schweinehunde gibt, die brave Leute verprügeln und sie ausnehmen. Es war nie mein Ziel, dagegen etwas zu unternehmen. Denn wenn ich mir einer Sache sicher bin, dann der: Diesen Schweinehunden kann man einfach nicht beikommen. Sie sind wie die Drachen in den Sagen. Für jeden Kopf, den man ihnen abschlägt, wachsen ihnen zwei neue nach.

Es war ganz einfach Schicksal. Es gibt eben Dinge, die vorherbestimmt sind und denen man nicht entkommt.

Ich wurde Polizist, weil ich gerne Fußtritte verteilte und Faustschläge mitten in den Magen gab. Mittlerweile mache ich das aus reiner Gewohnheit. Ich kann es einfach nicht lassen. Es beginnt alles ganz harmlos und plötzlich steckt man in einem Spiel, aus dem es irgendwann keinen Ausweg mehr gibt.

Vor zehn Jahren war für mich ein Verbrechen nicht mehr als eine Schlagzeile. Heute hingegen bedeutet ein Verbrechen für mich, dass ein Verrückter irgendwo etwas angestellt hat und dass man ihn fassen muss.

Es war Schicksal. Ich wurde Polizist, weil es mir vorherbestimmt war, den Verrückten, der den alten Cundo umbringen würde, ausfindig zu machen.

Vielleicht hatte dieses Ungeheuer von Viertel das schon entschieden, bevor ich auf die Welt kam.

Daran dachte ich, als wir zum Café an der Plaza Vidal kamen. Ich bestellte zwei doppelte Espresso. Der Kellner sah uns verwundert an, als er den Kaffee servierte.

Wir tranken schweigend. Blanquita lächelte mich schelmisch an und legte nach jedem Schluck ihren Kopf an meine Brust.

Arm in Arm durchquerten wir dann die Stadt bis zu unserem Viertel. Es war kalt und alles war still, genauso still, wie es wohl auch am Morgen zuvor gewesen war, als Machito Cundo den Kopf eingeschlagen und sein Leben ausgelöscht hatte.

Ich dachte daran, wie viele Dinge in diesem Moment in diesen Häusern geschehen konnten. Plötzlich fiel mir auf, dass ich zu viel nachdachte.

Verrücktes Viertel.

„Gestern hat man Cundo umgebracht", sagte ich zu Blanquita, nur um mit jemandem zu reden.

Sie sah mich ungläubig an. Dann lächelte sie.

„Machito hat Cundo mit dem Türriegel eins übergebraten", gestand sie mir mit überraschender Klarheit, „aber er hat ihn nicht umgebracht. Cundo schläft nur. Tot ist nur Tachuela. Tachuela ist ein echter Hurensohn."

„Bist du sicher, dass es Machito war?"

„Aber natürlich, Leo. Ich hab alles gesehen."

Blanquita sang leise weiter. Sie summte eine alte mexikanische Schnulze und ich stimmte mit ein.

Als wir zum Busbahnhof kamen, nahm sie die Hand von meiner Hüfte und setzte sich auf eine Bank. Ich setzte mich neben sie, bis sie einschlief. Dann deckte ich sie so gut wie möglich zu und ging.

Bis zu mir nach Hause schaffte ich es gar nicht. Ich setzte mich am Straßenrand gegenüber von Cundos Haus nieder, obwohl ich gar nicht müde war.

Irgendetwas beschäftigte mich noch.

Ich zündete mir eine Zigarette an. In diesem Moment sah ich ein Licht in Cundos Zimmer.

Zuerst dachte ich, es sei eine optische Täuschung, vielleicht spiegelte sich im Fensterglas das Streichholz, das ich gerade angezündet hatte. Ich starrte einige Minuten auf das Fenster. Dann sah ich das Licht wieder. Ein schwaches, gelbliches Licht, das sofort wieder verschwand.

Ich überquerte die Straße und drückte mein Ohr ans Fenster. Ich hörte ein leises Geräusch. Es war, als ob jemand Stoff zerreißen würde.

Der Himmel war bedeckt, es würde bald zu regnen beginnen.

Ich lief hinter das Haus. Hier hörte man das Geräusch noch besser. Ich machte das Zischen eines aufflammenden Streichholzes aus.

Durch das Fenster an der Hinterseite sah ich das Licht erneut aufflackern und gleich wieder verschwinden. Ich trat die Tür ein.

Mitten im Raum stand Chago el Buey, angestrahlt vom silbernen Mondlicht. Der ehemals rote Sessel lag umgedreht auf dem Boden, die Füllwatte war im ganzen Zimmer verteilt. Chago hielt einen Plastikbeutel in der Hand.

„Gib her“, fuhr ich ihn an.

„Das ist mein Geld“, erwiderte er.

„Das war es also, was Machito gestern Nacht gesucht hat, stimmt's?“

„Dieser Schlappschwanz wollte mich ausrauben. Er wollte schon lange nach Miami und dafür brauchte er Geld. Ich hätte es ihm ja gegeben. So wären wir ihn alle losgeworden, aber Iselda wollte das nicht. Ich weiß nicht, wie er herausgefunden hat, dass ich mein Geld hier aufwahrte.“

„Das ist Wettgeld. Aus dem La-Bolita-Wettbüro.“

„Das sind die Ersparnisse meines ganzen Lebens. Auf Cundo konnte man sich in dieser Hinsicht verlassen.“

„Du schämst dich ja überhaupt nicht.“

„Es gibt Dinge, die du nicht verstehst. Cundo und ich waren immer gute Freunde.“

„Machito hat Cundo umgebracht, um an das Geld zu kommen, das eigentlich dir gehört! Es gibt Dinge, die sind nur schwer zu begreifen.“

„Cundo tat mir den Gefallen, auf mein Geld aufzupassen. Ich habe nicht viel Vertrauen in die Bank. Ich habe ihm dafür bei anderen Gelegenheiten geholfen."

„Wegen deinem Geld hat Machito Cundo ermordet."

„Das geht mich nichts an. Ob es nun für einen Schluck Rum oder für einen Sack voller Geld war, das macht für mich keinen Unterschied. Tatsache ist, dass er ihn umgebracht hat. Und du und ich, wir hatten einen Deal: Du wolltest den Schuldigen und ich hab ihn dir geliefert. Ich verschwinde jetzt mit meinem Geld."

Chago war völlig gelassen, während ich wie gelähmt dastand.

„Ich bin gekommen, um mir zu holen, was mir gehört", fuhr er fort, „und jetzt gehe ich in aller Ruhe nach Hause. Ich schade keinem und das hier ist kein Verbrechen. Ist das klar?"

Ich starrte ihn an. Er stand mir immer noch gelassen gegenüber.

„Das Viertel ist ein Ungeheuer und je mehr du über die Leute Bescheid zu wissen glaubst, desto weiter entfernst du dich von der Wahrheit", hatte El Puchy einmal gesagt.

„Du bist in diesem Fall ganz schön weit gekommen, Junge", lobte mich der Fettwanst. „Andere hätten das nicht geschafft. Aber jetzt ist es genug." Er schnaubte und fuhr fort: „Du bist sogar zu weit gekommen.

Manchmal ist es besser, wenn man vergisst, was man weiß. Es ist besser, wenn du nichts von diesem Geld weißt. So wie es auch besser für dich ist, wenn du nicht weißt, wie Machito jede Nacht ins Gefängnis hinein- und herauskommt. Du solltest dich jetzt besser aufs Ohr legen, Junge. Das Leben im Viertel ist zu verrückt für dich."

Es kotzte mich an, dass er mich ständig Junge nannte. Ich atmete tief durch und versuchte meine Ohnmacht zu überspielen.

„Schon gut", brachte ich endlich heraus. Ich ging hinaus und setzte mich wieder an den Straßenrand.

Kurz darauf ging Chago mit seinem Plastikbeutel voller Geldscheine an mir vorbei.

„Das Leben in diesem Viertel ist völlig verrückt", murmelte ich vor mich hin.

Ich rauchte eine Zigarette. Ich hatte nicht einmal einen verdammten Tropfen Schnaps, nicht einmal einen jämmerlichen Tropfen vom schlechtesten Calambuco. Ich steckte mir noch eine Zigarette an und dann noch eine …

Am Morgen weckte mich ein Nieselregen.

Rebeca Murga

Ein Bolero für den Kommissar

Die Poetik des Marginalen

In ihren *Narraciones históricas* aus dem Jahre 1913 legten die hohen kubanischen Militärs Fidel Aragón und Arturo Nespereira angesichts ihrer polizeilichen Erfahrungen mit Verbrechen und Kriminalität Folgendes dar:

„In dieser Arbeit werden wir jene Facetten der Kriminalität aufzeigen, die sich infolge unserer allzu duldsamen Gesetze und unserer großmütigen Verfassung in beängstigendem Maße mehren. Einer Verfassung, die nicht etwa dem ehrbaren Bürger zugute kommt, der im Rahmen von Gesetz und Ordnung keinen präventiven Schutz benötigt, sondern vielmehr dem beschlagenen Strolch, der sich vollends auf ihre Artikel beruft und sich an den Sonderrechten und Privilegien erfreut, die ihm im Vergleich zu den anständigen Bürgern in erhöhtem Maße zuteil werden.

(...) wertvolle Ergebnisse, die an die Vernunft all jener appellieren, welche die Aufgabe haben, an Kubas Zukunft zu denken. Dieses Land ist heute ein fruchtbarer Boden für den kühnen Abenteurer, den findigen Kaufmann, den salbungsvollen Anarchisten ohne Ideale, den gewöhnlichen Landstreicher auf der Suche nach dem Glück – kurz und gut für alle, die um die Erquicklichkeit des Klimas, die Barmherzigkeit seiner Einwohner und die Leichtigkeit, mit der man hier der Justiz entgehen kann, wissen. Sie alle strömen in dieses Land, das ganz gewiss das Paradies ihrer Träume sein wird."[1]

Verbrechen und Verordnungen; Sünder und Gerechte. Darin hat Kuba immer wieder den Nährboden für die Entwicklung seiner Kriminalliteratur gefunden. 1926, sieben Jahre bevor der Londoner Detection Club mit *The Floating Admiral* für Furore sorgte, wurde der kollektive Fortsetzungsroman *Fantoches* veröffentlicht und ab der Mitte des 20. Jahrhunderts widmeten sich namhafte kubanische Intellektuelle der Kriminalliteratur. Obwohl fast alle ihre Romane unter Pseudonymen veröffentlicht wurden, lassen sie innerhalb der literarischen Szene Kubas eine Tendenz zum Genre erkennen. An bestimmte Namen wird man sich stets erinnern: Gerardo del Valle, Leonel López-Nussa, Gregorio Ortega und Lino Novás Calvo.[2]

Der Boom des kubanischen Kriminalromans setzte allerdings erst in den Siebzigerjahren ein, als eine Vielzahl von Werken veröffentlicht wurde, die vor allem in thematischer Hinsicht neue Konzepte für die Gattung mit sich brachten.

Während die iberoamerikanische Kriminalliteratur – mit ihren wichtigsten Vertretern in Spanien, Argenti-

----

1 Fidel Aragón und Arturo Nespereira: *Narraciones históricas*, S. 9.

2 Die mitunter kriminalistische Erzählung *La última noche de Ramón Yendía* von Lino Novás Calvo gilt als Klassiker der kubanischen Erzählkunst.

nien und Mexiko – neu gestaltet wurde, verfochten unsere Autoren eine „stigmatisierende Ästhetik“[3], die an das schon kritische „quinquenio gris“[4] anschloss, welches die kubanische Literatur prägte. Es bestand im Wesentlichen darin, den privaten Ermittler durch einen kollektiven Helden zu ersetzen: das vereinte Volk im Kampf gegen seinen brutalen Feind aus dem Norden. Die Bücher von Autoren wie Daniel Chavarría, Luis Rogelio Nogueras, Guillermo Rodríguez Rivera und Justo Vasco stellen zwar Ausnahmen in dieser Zeit dar, die von den restlichen Schriftstellern gepflegte Ästhetik stürzte unsere Kriminalliteratur allerdings in eine Krise, die erst mit dem Einsetzen der Neunzigerjahre überwunden werden konnte.

Die Neunzigerjahre. Die Zeiten der wirtschaftlichen und sozialen Veränderungen in Kuba. Von den stillen Achtzigern zur Dreistigkeit der Neunziger. Die Prostitution unter dem Deckmantel des „jineterismo“ (die „Touristenfänger“) und die Massenflucht per Floß in die

----

3 Der Begriff wurde von Lorenzo Lunar in seinem Essayband *El que a hierro mata (la novela policial cubana)* eingeführt, um der übertriebenen Ideologisierung der Kriminalliteratur Kubas in den Siebziger- und Achtzigerjahren Nachdruck zu verleihen.

4 Der Literaturkritiker Ambrosio Fornet sprach von einem „quinquenio gris“ (einem „grauen Jahrfünft“) in Bezug auf das kulturelle Leben Kubas zwischen dem Nationalen Kongress für Bildung und Kultur 1971 und der Gründung eines Kulturministeriums 1976, als das künstlerische und literarische Schaffen in besonders starkem Ausmaß von der kommunistischen Partei bestimmt wurde. (Anm. d. Übers.)

USA („balseros"), um nur zwei Beispiele zu nennen. In der Literatur setzte sich eine neue thematische und sprachliche Gestaltung radikal gegen die Ästhetik der vorhergehenden Epochen durch. Es war der Moment der Abrechnung, der in der Tetralogie *Las cuatro estaciones* von Leonardo Padura seinen Ausdruck fand. In diesen Romanen wird die Ernüchterung einer Generation offen gelegt, die mit dem Triumph der Revolution von 1959 groß geworden ist und durch die Folgen der internationalen Einsätze im Angolakrieg und der Korruption einiger sozialistischer Führer zermürbt wurde.

Nach einer Ruhepause feierte Daniel Chavarría mit mehreren Romanen ein Come-back und der Schriftsteller, Journalist und Essayist Amir Valle eroberte die Kriminalszene mit *Die Türen der Nacht*, einem preisgekrönten Roman, der im deutschen Distel Verlag veröffentlicht wurde, und *Die Haut und die Nackten*, der im Jahr 2000 vom kubanischen Verlag Oriente ausgezeichnet wurde und 2005 in deutscher Sprache erschien. In beiden Arbeiten wird der Leser mit der Welt des Marginalen konfrontiert; einer Welt, in der Angst, Gewalt und Verbrechen regieren. Es entsteht ein völlig anderes Bild von Havanna als jenes, welches wir aus den bunten Reiseführern kennen.

In diesen Kontext fügen sich die Werke des Schriftstellers und Essayisten Lorenzo Lunar ein, der sich zu diesem Thema folgendermaßen äußerte:

Nach einer teilweise gerechtfertigten Ablehnung der

Gattung vonseiten der so genannten ‚wahren Schriftsteller' hat man ihre Möglichkeiten entdeckt und gelernt, ihre Normen zu akzeptieren (bzw. umzustürzen). Die Gattung hat sich weiterentwickelt und wenn sie heute neue Namen trägt – Krimi, Thriller, Neokrimi, Pseudokrimi –, dann deshalb, weil die, die sich dieses Genres annahmen, es mit Reformgeist getan haben.[5]

Lorenzo Lunars Romane und seine Arbeit im Allgemeinen sind durchdrungen von einer Poetik des Marginalen. Amir Valle schreibt dazu:

„Und nehmen Sie bitte zur Kenntnis, dass ich ‚singen' und nicht ‚schreiben' gesagt habe. Das ist kein Druckfehler. Denn abgesehen davon, dass seine veröffentlichten und unveröffentlichten Romane die Titel berühmter Musikstücke (im Wesentlichen Boleros und Tangos) oder Verse aus diesen Kompositionen tragen, habe ich bei verschiedensten Literaturveranstaltungen, sowohl in Kuba als auch im Ausland, schon darauf aufmerksam gemacht, dass sich der wichtigste Beitrag Lorenzo Lunars zur heutigen kubanischen Literatur und überhaupt zum lateinamerikanischen Neokrimi in allen seinen Romanen (oder sollte man sagen, in allen seinen ‚Gesängen'?) fortsetzt und in einem ‚Lobgesang auf das Marginale' besteht, der sich in einer in Kuba völlig neuen Perspektive ausdrückt: der Perspektive des gebildeten Gauners, des Bewohners eines Randviertels, der fähig

5 *El que a hierro mata (la novela policial cubana)*, S. 17–18.

ist, seine Träume auszudrücken und zu verwirklichen, auch wenn er am Ende (wie in jedem Krimi) unweigerlich daran scheitert.“[6]

Es ist eine Poetik des Marginalen mit einem realen Bezug: das Randviertel einer Stadt, die noch dazu nicht die Hauptstadt ist. Dieses Viertel verdrängt seine Figuren, um selbst die Hauptrolle zu übernehmen. Es ist für Lorenzo Lunar ein Ungeheuer mit tausend Köpfen:

Der Opa an der Ecke verkauft Zitronen.

Die da an der Tür verscherbelt alte Klamotten.

Da drüben verkauft einer Kuhmilch.

Gegenüber verkaufen sie das zuckrige Zeug aus Kokos.

Der Typ mit dem Fahrrad verkauft ein paar Hühner.

Der eine da drüben verkauft Salat, Koriander, Lauch …

Und der da … ja, der hat seine Seele an den Teufel verkauft.[7]

Diese durch die Gewalt des Ausdrucks und die metaphorische Nachahmung der Alltagssprache so gelungene Stilisierung unterstreicht die Existenz einer Welt voll von Prostituierten, Arbeitslosen, Dieben und Verstoßenen, schlicht von Gestalten, die in den Achtzigerjahren als kriminelle Figuren und Schandflecken der Vergan-

----

6 Amir Valle: *Negro, negro, Don Lorenzo*; in einer in Heft Nr. 1 der auf Thrillerliteratur spezialisierten spanischen Zeitschrift *La Gangsterera* veröffentlichten Rezension.

7 *El vendedor de limones* gehört zur noch unveröffentlichten Kurztextsammlung *Pequeñas miserias cotidianas*, die mit dem typischen Instrumentarium der kubanischen Undergroundszene das Marginale der ersten Jahre der *Período Especial* wieder aufnimmt.

genheit gesehen wurden und in den Neunzigerjahren wieder zum Leben erwachten.

Das ist der Tod. Diese dichte Substanz, Erinnerungsmasse, die sich wie Blei über mich ergießt, nach und nach, als wäre sie die Kaskade von Stockwerken des Empire State Buildings, das tödliche Kürzel „G. M.", das jetzt kein Symbol mehr ist für den American Way of Life, und die Rockballade, die mir Elton John vom Lautsprecher an der Ecke aus zuflüstert; alles amerikanisch, ein sehr amerikanischer Moment für einen äußerst amerikanischen Tod mitten in Miami. Und genau da sollte meine Lehrerin für Wirtschaftsgeographie auftauchen, um mir zu sagen, dass ich so nicht sterben darf, dass so zu sterben einen schlimmen Ungehorsam bedeutet, dass so zu sterben ein Fall von landesverräterischem Treuebruch ist. (...) Das Salz ist auch der Tod, Wellen von fast drei Metern Höhe, die das Floß beinahe kentern lassen, das kommt, Mann, es muss kommen, es sind vier, mit allen möglichen Eisen festgebundene Kamaz-Schläuche und die Bewässerungsrohre haben kaum Gewicht, aber sie halten.[8]

Heikle Themen wie Freundschaft und Männlichkeit werden in den Vernehmungen oder in Situationen angesprochen, in denen politische Zwänge spürbar sind. Realität und Absurdes überlagern sich, um die Glaubwürdigkeit zu erreichen, die der derzeitige Pseudokrimi verlangt. Ein Beispiel dafür ist die Erzählung *De dos pingüé*:

----

8 Lorenzo Lunar: *El último aliento*. Capiro Verlag, Kuba 1995.

„Das Thema ist frappant genug, um den Leser aufzurütteln und in ihm, genau wie im Protagonisten, das sonderbare Gefühl zu wecken, dass sich die Zeit auf beklemmende Weise ausdehnt. (...) Der versierte Erzähler Lorenzo Lunar überrascht mit dem Entwurf einer Gruppe von Charakteren, die in jedem Kontext agieren könnten, ohne ihre Glaubwürdigkeit zu verlieren. Das macht das Werk so aktuell und verleiht ihm eine absolute Gültigkeit.“[9]

An den Reichtum einer Literatur „von der Straße“ zu glauben, zu lernen, die Porzellanvase zu nehmen und sie mitten auf die Straße zu schleudern, ist das, was Leo Martín zu einem Ermittler der anderen Art macht. Völlig anders als die der vorhergehenden Ästhetik. In *Ein Bolero für den Kommissar* werden das Verbrechen und das Rätsel durch eine Parodie der Klassiker des Genres dargeboten. Die Charaktere sind grundsätzlich Gauner und Verbrecher. Die Sprache ist nicht bloß eine Sammlung mundartlicher Ausdrücke des Viertels, sondern pure Poetik des Marginalen. Die Bühne, wie schon im Roman davor, eine triste Provinzhauptstadt, in der scheinbar nichts passiert:

„Ich wollte einen Kommissar, der auch aus dem Vier-

----

9 Klappentext der Verlegerin Isaily Pérez für das Buch *De dos pingüé*, das 1995 geschrieben und 1996 mit dem Preis der *III. Bienal de Narrativa* ausgezeichnet wurde, bis 2004 jedoch der Zensur unterlag. Damit sollte wohl der Autor in seiner Rolle als kritischer Beobachter des widersinnigen kubanischen Alltags bestärkt werden.

tel stammt und dem diese Form der Kriminalität von klein auf aufs Intimste vertraut ist. Der die Kerle genau kennt, die sich durch irgendwelche Lebensumstände dazu gezwungen sehen, gegen das Gesetz zu verstoßen, und nicht anders können, als mit dem Polizisten zusammenzuarbeiten. Einerseits durch einen gewissen Zwang und andererseits durch eine gewisse Überzeugung, nichts Falsches zu tun. So gerät er als Kommissar in Konflikt mit den Gesetzen des Viertels. Er darf weder irgendjemanden verraten noch unfair behandeln oder dessen Leben ruinieren. In dieser Zwickmühle befinden sie sich alle, vom Polizisten bis zum Verbrecher. Und genau diese Zwickmühle macht den Roman aus.

Bei mir gibt es Figuren, die lediglich eine Straftat begehen, sagen wir, die Mörder. Generell sind sie Mörder durch Zufall. Andere Figuren sind viel niederträchtiger – eine Art karibischer Dr. Moriarty, der an den Fäden des Viertels zieht – und schaffen es, dass das Gesindel das Verbrechen für sie begeht. Sie gehen sogar straffrei aus: Sie haben einen gewissen Status erreicht und sind nun in der Position, jemanden zu finden, der die Schuld für sie auf sich nimmt."[10]

Der Schriftsteller und Literaturkritiker Jesús Lens Espinosa de los Monteros schrieb:

„*Ein Bolero für den Kommissar* ist einer der besten Romane des Jahrzehnts. Ein Roman, der mehr mit dem

----

10 Aus den Archiven der Autorin.

Herzen als mit der Feder geschrieben wurde. Ein wundervolles Buch, das dem tiefsten Inneren eines der großen lateinamerikanischen Schriftsteller der Gegenwart entstammt, der ohne Eile, aber doch unaufhaltsam seinen Namen in Blockbuchstaben in die Reihe der großen Autoren des 21. Jahrhunderts schreibt."[11]

Das Werk Lorenzo Lunars bahnt sich nun seinen Weg außerhalb der Grenzen Kubas und auch außerhalb der Grenzen der spanischen Sprache. Erzählungen von ihm wurden bereits ins Französische und Portugiesische übersetzt. Jetzt erscheint *Ein Bolero für den Kommissar* im deutschen Sprachraum.

Auf diesen Seiten, wie im Kuba von 1913, mehrt der beschlagene Strolch in beängstigendem Maße dieselben Facetten der Kriminalität, welche die Gegenwart Kubas so entscheidend prägen.

----

11 Jesús Lens Espinosa de los Monteros: *Que en vez de infierno encuentres gloria*; Reflexionen zum Romanwerk Lorenzo Lunars.

Alfred Komareks Polt-Romane bei Haymon

POLT MUSS WEINEN

4. Auflage, ISBN 3-85218-275-1, Glauser-Preis 1999

BLUMEN FÜR POLT

2. Auflage, ISBN 3-85218-321-9

HIMMEL, POLT UND HÖLLE

2. Auflage, ISBN 3-85218-359-6

POLTERABEND

ISBN 3-85218-413-4

Jeder Band 12 x 19 cm, Hardcover mit Schutzumschlag, 192 Seiten

Liebevoll und gleichzeitig schonungslos offen zeichnet Alfred Komarek in seinen Polt-Romanen das Porträt eines Weinbauerndorfes und seiner Menschen und fügt dem Bild eines bedrohten und gar nicht so idyllischen Lebensraumes neue Facetten hinzu.
Verfilmt mit Alfred Steinhauer in der Titelrolle.

„Polt, längst Kultfigur der Krimiszene, bewegt sich durch eine Dorfwelt, bei der man sich nicht sicher ist, ob sie Idylle oder Hölle ist. Scheinbar funktioniert die Dorfgemeinschaft noch, aber der Verfall hat Einzug gehalten. Spannend, atmosphärisch, unbedingt lesenswert!"
(Münchner Merkur)

„Krimi-Lesegenuss allererster Güte."
(Christine Hager, Saarbrücker Zeitung)

Yasmina Khadras Algerien-Krimis bei Haymon

MORITURI

2. Auflage, ISBN 3-85218-307-3

DOPPELWEISS

ISBN 3-85218-337-5

HERBST DER CHIMÄREN

2. Auflage, ISBN 3-85218-358-8

Jeder Band 12 x 19 cm, Hardcover mit Schutzumschlag, 160 Seiten
Aus dem Französischen von Regina Keil-Sagawe, Nachworte von Beate Burtscher-Bechter, in *Doppelweiß* ein Interview mit dem Autor

Khadras erfolgreiche Krimireihe um den Commissaire Llob spiegelt die Politik und Gesellschaft eines vom Bürgerkrieg zerrissenen Algerien wider und schildert eindringlich die Atmosphäre von Angst, Verzweiflung, Demütigung und hilflosem Aufbegehren.

„Die Llob-Trilogie veranschaulicht die algerische Tragödie mit ihrem alltäglichen Schrecken und ihren verheerenden Folgen so nachdrücklich, dass man sie nicht ohne Weiteres wieder aus dem Bewusstsein ausblenden kann."
(Katharina Döbler, Die Zeit)

„Seine Romane sind eine Mischung aus Sinclair Lewis und Mickey Spillane, brutal, schnell, traurig, aufklärerisch. Etwas Besseres über das Wesen des islamischen Terrors kann man im Moment nicht lesen."
(Ultimo)

Italien-Krimis bei Haymon

Peppe Lanzetta
DIE SEHNSUCHT DES CATTIVOTENENTE
Roman

Aus dem Italienischen von Kurt Lanthaler
13 x 21 cm, Hardcover mit Schutzumschlag, 176 Seiten
ISBN 3-85218-415-0

Peppe Lanzetta entwirft mit Liebe und Wut ein schillerndes Kaleidoskop seiner Heimatstadt Neapel, abseits jeglicher Postkartenidylle.

Peppe Lanzetta
ROTER HIMMEL ÜBER NAPOLI
Roman

Aus dem Italienischen von Kurt Lanthaler
13 x 21 cm, Hardcover mit Schutzumschlag, 160 Seiten
ISBN 3-85218-277-8

Anna lernt inmitten der Vorstadt-Trostlosigkeit die Liebe kennen, doch ihr Freund verfällt dem Rauschgift. Als er tot aufgefunden wird, schwört sie Rache.

„Lanzettas Welt ist finster, aber eine vitalere Hölle wird man selten finden. Beeindruckend in seiner Dichte und Kompromisslosigkeit, liefert er Bilder, die mit neapolitanischen Liedern korrespondieren, alten und neuen Gassenhauern, die melancholisch, sentimental, wütend und weise sind."
(Ingeborg Sperl, Der Standard)